coleção
rosa manga

MIRELO

Julia Páteo

MIRELO

Contos

1ª edição, 2023, São Paulo
LARANJA ● ORIGINAL

Para o meu irmão, meu maior companheiro da infância.

Da barriga, 7

Mamãe, 13

Fragmentos de Sofia (I), 19

15 minutos, 21

Ainda agachada, abro os olhos, 25

Barranco, 29

Nossas bonecas, 35

Fragmentos de Sofia (II), 39

Mirelo, 41

Essa gente, 47

Lila, 57

Fragmentos de Sofia (III), 65

Maria Fernanda e Ana Maria, 67

Aninha brincava no quintal, 79

Inutilezas de mamãe, 85

Fragmentos de Sofia (IV), 91

Fabiana era Fabiana, 93

Bochechas meladas, 97

Fragmentos de Sofia (V), 101

Do outro lado do quintal, 103

Da barriga

Vivíamos bem, os três. De manhã, eu levantava cedo e chamava pela minha mãe, não que eu não quisesse meu pai, eu já testara o "papai", mas não importava quem eu chamasse ou o que eu dissesse, era minha mãe quem vinha me tirar do berço. Quando eu vi sua barriga crescendo parei de chamar. Ela engordava, porque queria, e sua barriga ia enchendo cada vez mais aquela casa, sem deixar espaço pra mim. Eu deixei de chamar e passei a esperar que viesse. Eles acordavam tarde e às vezes a espera cansava. Cansava tanto que um dia eu tentei sair do berço por conta própria e paft, eu caí no chão no maior estardalhaço e, bom, chorei um pouco. Dessa vez os dois chegaram com os cabelos espetados e os olhos esbugalhados, meu Deus, minha filha, o que aconteceu? E minha mãe, malvada que era, falou para meu pai que eu devia estar fazendo aquilo pra chamar sua atenção. Imagina, ela não conseguiria ter essa malícia ainda.

Meu pai me entendia. Ele também devia achar que vivíamos bem, os três, então eu me aliei a ele na esperança que formássemos uma disputa dois contra um e vencêssemos pela maioria. Mas eu não pensava que a barriga de minha mãe contava como mais um, e que no empate, era ela quem venceria.

Nessa disputa secreta eu adulava meu pai, buscava seu colo e quando íamos passear no parque nos finais de semana era para ele que eu trazia flores. Eu sabia que com isso chateava minha mãe, ela sempre adorara as flores que eu trazia e da primeira vez que notou eu indo até o meu pai e não a ela, pude perceber na sua cara uma expressão diferente. Eu sei que ela sofria mas, malvada que era, disfarçava com um riso, como se visse graça na minha ofensa. Eu ignorava seu deboche, dava um beijo na bochecha do meu pai, que me fazia um afago na cabeça e depois eu me punha a correr desengonçada atrás de novas flores.

Mas sua barriga continuava a crescer e chegou o dia em que minha mãe montava novo berço, ocupando, tenho certeza absoluta, a maior parte do meu quarto.

Dessa vez foi impossível fingir que não ligava. Comecei a espernear ali mesmo e vi nos olhos da minha mãe o susto, menos pelo choro e mais por eu estar ali, presenciando toda a traição. Minha filha, o que você tem, é só o berço para seu irmãozinho. E aquela palavra me feriu ainda mais, então era um irmãozinho, ela já sabia e escondia de mim. E eu só chorava e pensava que vivíamos bem os três e recordava dos tempos em que minha mãe não tinha aquela barriga enorme e que eu podia lhe levar flores e chamar pelo seu nome de manhã quando acordasse e ganhar o seu colo, aquele colo que agora cedia espaço para aquela barriga, tão redonda, tão balão, que eu queria porque queria estourar.

Minha birra não foi ouvida e tive que ceder. O berço fora montado ali e não tinha mais volta. Eu teria um irmãozinho e meu quarto jamais seria meu território novamente. Perdera e, naquela noite, adormeci enquanto olhava o novo berço vazio e reparava como ele brilhava, mesmo no escuro, enquanto o meu, descascado, parecia até meio cinzento e sem graça.

Acordei com o meu pai acendendo a luz. Filha, querida, seu irmãozinho está chegando! Vamos ao hospital, sua vó está vindo para ficar com você. E foi aí que eu vi. O sorriso estampado, o brilho nos seus olhos e seus movimentos apressados. Ele escancarava felicidade. Então eu fora enganada, na disputa dois a um, papai estava do lado da minha mãe e ansiava também por essa chegada. Eu estava sozinha. E perdera.

Minha vó, que sempre me arrancava sorrisos, falhou naquela manhã. Eu cruzara os braços dentro do meu berço e não queria sair de jeito nenhum. Ouvia-a com seus dengos, tentando me convencer, minha neta, querida, vamos lá pra cozinha que vou fazer um café especial para você. E eu emburrada. E se eu trouxer os biscoitos aqui? E a cara fechada. Minha neta, querida, o que você quer?

Então eu tive uma ideia. Descruzei os braços e ela já se aproximou, na expectativa que eu tivesse cedido. Com o olhar desafiador, estiquei o meu bracinho direito e apontei meu dedo indicador: ele mirava o berço do meu irmãozinho e minha vó riu ao entender. É claro, minha querida, eu te coloco lá. Eu vencera uma, pelo menos, dei os meus braços e ela me carregou, me colocando no berço branco e brilhante do meu irmãozinho.

Como era gostoso. Seu colchão parecia feito de nuvem e eu imaginava que debaixo daquele berço jamais seria possível encontrar qualquer monstro ou bicho-papão. Deitei de lado e minha vó riu ao ver que eu me acomodara, apagando a luz e me deixando para dormir mais um pouco. Eu não estava com sono, e fiquei olhando dali o meu berço, tão cinzento, tão sem graça, mas tão meu. Acabei adormecendo. Acordei com frio, sentindo minhas pernas molhadas e comecei a chorar: eu havia feito xixi e me envergonhava de não ter percebido, logo eu que orgulhava meus pais por não mais precisar de fralda.

Minha vó chegou com o choro e ao ver o xixi no lençol branco não pôde conter um riso. Parece até um cachorro. Eu não entendi aquele comentário e continuei com meu choro até que ela me tirasse dali e me pusesse na banheira para me lavar.

Meu pai chegou no final do dia buscando uma mala para levar ao hospital. Eu estava deitada no berço brilhante novamente. Ele também riu ao me ver tomar aquele lugar e me convidou a ir ao hospital. Seu irmãozinho nasceu, filha! Lindo e saudável! Vamos lá conhecê-lo? Mas ao se aproximar de mim, eu fechei a cara e não deixei que me tirasse dali.

Semanas depois, brincava de desenhar com lápis de cor e carimbos da turma do Mickey. Fazia alguns rabiscos bonitos que poderiam ser chamados de árvore, sol e gramado e o Pateta que caminhava naquele dia colorido. Enquanto isso, mamãe tirava meu irmãozinho do banho e colocava-o em cima da cama para secá-lo. Logo reparou que esquecera o talco e saiu para buscá-lo na despensa.

Então vi aquele corpinho pequeno, pelado, com os joelhos gordos para cima. E sua cabecinha que virava para mim e com seus olhos grandes me fitava, abrindo a boca num enorme sorriso sem dentes. O som que saía dele era engraçado, me fez rir também e cheguei mais perto, na beira da cama. Pude sentir um cheirinho doce e fiquei com vontade de me aproximar ainda mais. Como tinha um cheiro gostoso! E era engraçado, com aquela cara de bobo a rir para mim e aqueles joelhos gordos, pareciam pãezinhos, na verdade, seu corpo todo parecia feito de pãezinhos.

Era meu irmãozinho. E estava ali, limpo, pronto para ser perfumado e colocado com todo carinho dentro de sua roupa estampada com patos amarelos. E tão repentina quanto o riso alegre que havia dado, me surgiu uma ideia.

Corri de volta para o chão, onde brincava de colorir e peguei o carimbo azul do pateta. Voltei rapidamente para o irmãozinho e comecei a carimbá-lo inteiro, deixando em suas perninhas, seus braços, barriga, pescoço e até bochechas as marcas azuis do carimbo. E ele ria, como era bobinho, ria sem entender que ali acabava todo o seu banho e todo o trabalho de mamãe.

Ouvi os passos e corri de volta para os papéis, largando o carimbo na beira da cama. Quando ela olhou para o bebê pelado e pintado, não pôde deixar de abrir a boca em espanto, que logo cedeu espaço para uma gargalhada e me mirou com os olhos arregalados, eu não acredito! Acabei rindo também, mas olhei para baixo, como se isso pudesse fazê-la buscar um outro culpado possível para o crime do carimbo.

Ela voltou a olhar o meu irmãozinho e reparou no carimbo em cima da cama. Pegou-o, ahá, agora é a sua vez, vem cá, bonitinha! E mal tive tempo de entender o que mamãe ia fazer, ela já me segurava e carimbava meu braço todo, e eu ria e ria, vendo os patetas ficando no meu braço e me sujando toda, e nossa mãe ria também e aqueles dois olhinhos do meu irmão brilhando, seu corpo meio azul e sua gargalhada banguela. Nosso pai chegou no meio da sinfonia dos risos com a câmera na mão e tirou a foto que mais tarde foi colocada em porta-retrato, onde se veem os meus braços brilhando o mesmo azul dos bracinhos do meu irmão.

Mamãe

Eu gostava de dizer essa palavra. Acho que toda criança gosta. O jeito com que os lábios se grudam, o ar que vai saindo pelo nariz e a voz meio fanha, chega a ser até engraçado. Gosto de falar e ouvir mamãe.

Por isso vivia gritando pra lá e pra cá mamãe, chamando minha vó, dona Melinha, como era conhecida ali na rua.

— Mamãe!! — gritei mais uma vez. Eu brincava com Sara, minha prima mais velha, e ela tinha roubado minha chuquinha do cabelo sem querer devolver, ficava levantando a mão bem alto, vem pegar!, e eu não alcançava de jeito nenhum.

Dona Gegê, uma senhorinha bem velha que passava naquela hora pela frente da nossa casa, me olhou com uma cara de cachorrinho abandonado e esticou o braço, naquela velocidade tartaruga, pra encostar na minha cabeça:

— Ô, tadinha menina, um dia sua mãe vem...

As pessoas lá da rua não entendiam que mesmo que eu não tivesse mãe, eu não precisava ficar sem dizer. Na verdade, ter eu tinha, mas ela não morava com a gente e eu nem lembrava da cara dela, tinha lá os seus problemas e me deixara, quando eu tinha dois anos, aos cuidados de minha avó. Ela que me conta, não é que minha mãe, a verdadeira, não gostasse de mim, mas tinha muita coisa para fazer, era muito nova e não conseguia cuidar direito nem dela mesma, então me deixava ali, com vó Melinha.

Não sei se eu acredito muito nisso, se minha mãe não conseguia cuidar direito dela mesma, por que não deixava vovó cuidar? Às vezes acho que pra vó Melinha era muito difícil de entender que talvez sua filha não gostasse tanto de falar "mamãe", aí inventava essa história, coisa de adulto, quem sabe.

Passei a chamar vovó Melinha de mamãe, pra matar essa minha vontade danada de dizer e ouvir.

— Não, dona Gegê, eu tô chamando a vó Melinha porque a Sara não devolve meu elástico.

Acho que dona Gegê não entendeu, porque só deu aquele seu sorriso meio banguela e seguiu andando no seu passinho lento.

Nossa casa tinha uma cozinha grande, que dava para a entrada de frente pra rua, vó Melinha vendia salgados para a vizinhança e gostava de dizer que a gente morava num lugar que era "meio casa, meio fábrica".

Ela vivia cheia, se não era o pessoal da rua fazendo fila pra comprar suas famosas coxinhas, eram os primos, que se juntavam ali na frente para jogar. Domingos eram meus dias favoritos, mamãe fechava a fábrica na hora do almoço e depois de comermos, minhas tias e mesmo mamãe se somavam às nossas brincadeiras, e jogávamos queimada, pic-esconde e todas essas coisas, dominando a rua até o pôr do sol. Os adultos acabavam cansando um pouco mais rápido que nós, chegava uma hora que eles só encostavam e ficavam ali olhando e trocando fuxicos. A gente gostava de brincar que Melinha era também a maior fuxiqueira da rua: não importava quem passasse, ela já dava o bom dia, boa noite ou boa tarde e puxava de canto arrumando assunto. Eu tentava ouvir o que mamãe tanto fuxicava, mas na maior parte das vezes ela me dava um sai pra lá e chamava de enxerida.

Acho que era daí que ela tirava as histórias que contava no jantar:

— Você não vai acreditar no que eu vou te dizer agora! Dona Verinha endoidou de vez. Diz Neide que ela arrumou agora três galinhas! Diz ela que deu nome pras bichinhas, e fica o dia inteiro falando com as coitadas, que uma das bichinhas, inclusive, tem o nome de Nizete, sabe Nizete? Do fim da rua. Diz ela que é de propósito, pirraça com dona Nizete por conta daquela briga que as duas arrumaram tem três anos. Pois é, diz ela que as duas não se falam até hoje e aí Verinha foi lá e batizou uma das galinhas de Nizete. E parece que é a galinha mais atrevida, que ela fica o dia inteiro gritando Nizete pra lá e Nizete pra cá. Bem que eu achei que tinha ouvido Verinha gritando com alguém quando passei lá outro dia, mas num sabia que era com galinha...

E se bobeasse ela falava da vida dos outros o jantar todo até a comida esfriar...

Davi era o primo que eu me dava melhor, ele tinha a minha idade, acho que dois meses mais novo, então era muito fácil achar brincadeira que ele gostasse. Minhas primas eram mais velhas e às vezes eram meio más comigo, como a Sara que arrancava minhas chuquinhas, então eu ficava mais com Davi mesmo.

Um dia eu estava desenhando amarelinha na calçada com uma pedra e vi o Davi cutucando o muro da casa da dona Rosinha com o dedinho gordo dele. Era um muro meio feio, cheio de pintura descascada, mas tinha uma trepadeira que crescia bonita cobrindo alguns buracos.

— Ô Davi! O que cê tá fazendo aí?

— Tô matando as formigas!

— Davi, você não pode matar as formigas! Elas querem comer mato só! — eu reclamei e já levantei do chão indo pra perto dele em defesa das formigas. Era uma fileira bonitinha que saía de um dos buracos e ia subindo o muro da dona Rosinha.

— Mas elas picam a gente!

— Alguma te picou por acaso?

— Picou! Óh! — e me mostrou o mesmo dedo que ele usava para cutucar as formigas.

— Ô Davi, mas aí é culpa sua, quem mandou cutucar as formigas!

— Elas picam a gente!!! — ele gritou inconformado e continuou com o seu assassinato em série.

Eu deixei o Davi pra lá e fui voltar pra minha amarelinha. Tadinha das formigas.

Já era fim de tarde e vó Melinha apareceu na porta de casa, me jogou um casaco:

— Veste isso que tá ficando frio!

Peguei a blusa vermelha e já fui enfiando meus braços pelos buracos, mas alguma coisa deu errado porque a blusa não vestiu, e mamãe me confirmou com seu grito:

— Ô menina, parece que enquanto você não leva uns cascudos não aprende a fazer as coisas direito! Prestenção pra como você colocou a blusa! O braço no lugar da gola!

Davi levou mais susto que eu, ficou com aqueles olhos arregalados de quem sabe que vem paulada pela frente. Sempre que vó Melinha gritava com Davi ele chorava, só que o menino quase nunca era gritado, coitado, então levava susto mesmo. Eu já estava acostumada com os gritos, toda hora era Jéssica pra lá, Jéssica pra cá, ou simplesmente Ô menina!, então nem derramei lágrima nenhuma ou susto nenhum, só tirei os braços e cacei de botar a blusa de novo, dessa vez com cuidado, acertando os buracos, aprendendo sem os cascudos.

Fragmentos de Sofia (I)

Esbaforida, recolheu o pacotinho, mas pelo vidro fosco, viu as mãos finas e apressadas remexendo a bolsa, vasculhando pela carteira da qual tiraria... moedas? Uma nota de 5 reais? O valor exato para os chicletes?

Buzina, a fila de carros da frente já andara. As mãos pararam como se tivessem ouvido o sinal. Se despediram: uma rapidamente ao volante, a outra encostou no câmbio. Um olhar chateado, doído, a mão direita em gesto de leve pesar e em seguida no câmbio novamente.

A moça acelerou e Sofia viu a traseira dos carros que agora avançavam. Correu para recolher os três pacotes que faltavam.

15 minutos

Não é que eu estivesse enfadada das brincadeiras de mímica. Ria com todos os dentes à mostra quando Olívia imitava os animais mais peculiares das maneiras mais inusitadas. Embora tivéssemos a mesma idade, imaginava que a cabeça dela funcionava de maneira diferente, sempre me parecera mais inteligente, conhecedora de várias curiosidades, captava as sutilezas e eu me desdobrava para acompanhá-la, numa mistura de frustração e fascínio.

Foi ela quem chegou empolgada um dia no recreio me puxando para o fundo do corredor, na frente do armário das cartolinas, onde ninguém brincava, propondo deixar para trás as mímicas. "Por que hoje não experimentamos brincar de algo novo? Vem cá!". E quando nossos lábios se tocaram nós duas demos risadas. "Eu aprendi isso ontem, é que nem fazem nas novelas".

Era que nem faziam nas novelas, e eu, que nunca assistira

nenhum episódio, ouvia atenta as descrições de minha amiga. A cena que Olívia me mostrava tinha sido tirada de um casamento. Ela me fizera prometer que seria uma brincadeira só nossa, afinal, era assim que acontecia, uma espécie de pacto exclusivo, o que deixava tudo ainda mais fascinante. Sempre repetíamos: "Então, agora o noivo pode beijar a noiva" e pá! dávamos o selinho daquela união. A posição do noivo, autorizado a beijar, não era fixa, a gente intercalava quem esperava no altar, empilhávamos algumas caixas de papelão dentro do armário para fazer um pequeno elevado. E sempre ríamos daquela brincadeira secreta que selava nossa amizade, para depois corrermos até o pátio e nos juntarmos às outras crianças.

A cada casamento, Olívia aparecia com uma novidade, evitando que caíssemos na mesmice e me surpreendendo com a fidelidade do nosso pacto: improvisou um véu com papel higiênico, entoou o tam tam tamtam e até chegou a levar Bob e Billy, dois bichinhos de pelúcia, para serem testemunhas do fale agora ou cale-se para sempre.

E antes que Olívia pudesse esgotar suas ideias mirabolantes, nossa cerimônia, tão particular, tornou-se pública: depois do ritual, nos separamos e, olhando uma de frente pra outra, mostramos os dentes para esboçar a costumeira risada, mas daquela vez, Olívia desviou os olhos e os abriu de um jeito que eu nunca vira antes:

"Meninas," sobrancelhas grossas, peludas como duas taturanas gigantes nos fitavam, franzidas de um jeito que fazia o meio de sua testa concentrar uma bolota de pele — era dona Inês que chegava por trás de mim "o que vocês estão fazendo é muito, muito feio! De dar nojo! Vamos direto para a sala que vou chamar os pais de vocês."

E sem mais nenhuma explicação de onde vinha toda aquela nojeira ou de que forma ela conseguia fazer aquilo com a testa, dona Inês pegou os nossos braços, um em cada mão. Não pude deixar escapar um "me solta!" indignado, mas vi Olívia com o olhar baixo, fiz de dona Inês espelho, e me deixei guiar também ao longo do corredor. Ela nos fechou na sala de aula, saindo em busca de um telefone para ligar para os nossos pais. O recreio ainda tinha mais quinze minutos e todas as crianças corriam lá fora no pátio, ficamos sentadas estáticas em nossas cadeiras, sem coragem de dizer uma palavra.

O silêncio me mostrou que em quinze minutos cabe um encolhimento que arrebenta os limites do relógio, e talvez tenha sido essa a primeira vez que tive a noção do tempo. O que era tão horrível? Talvez estivéssemos encenando a novela errado, seria possível? Olhei para Olívia e resolvi questioná-la, na esperança de que ela tivesse alguma pista a mais para ajudar com a minha inquietação infantil, mas ao ver o meu movimento, ela apenas abaixou a cabeça e entendi que era ali que findava o nosso pacto.

O sinal tocou, a porta se abriu e a turma começou a entrar. "Por que vocês não estavam no recreio?", perguntavam nossos colegas. E quando eu ia responder, Olívia puxou meu braço e olhou para mim com as sobrancelhas firmes e a testa franzida. Ela também me repreendia, reconheci nela o olhar de dona Inês.

De qualquer forma, logo em seguida, a própria dona Inês entrou na sala e pediu que a acompanhássemos, deixando nossos colegas curiosos sem respostas.

Da conversa com nossos pais, lembro-me de pouco. Questionei os meus sobre o que tinha feito de errado, mas eles apenas se limitaram a dizer que novela era para gente mais velha, ou algo assim. O que realmente engrossa os contornos da minha memória foi o horror que senti diante do choro compulsivo de Olívia. Ela estava sentada em uma cadeira no outro canto da sala, junto ao senhor e à senhora Ferreira. Não me lembro de já tê-la visto tão triste assim. Parecia menor e olhava para baixo, para a poça de lágrimas e catarro que se formava no seu colo, enquanto escutava os cochichos furiosos dos seus pais. Não consegui ouvir o que eles falavam para minha amiga, pareciam querer esconder a todo custo. Só sei que durou mais do que quinze minutos. Em seguida, a família Ferreira se retirou, sem ao menos se despedir de nós.

Depois disso, Olívia deixou de brincar na minha casa. Deixou de querer formar dupla comigo na sala de aula, passando a sentar-se do outro lado, o que foi também incentivado pela dona Inês. Cheguei a convidá-la em um recreio para voltarmos às mímicas, "lembra quando você imitava o peixe-boi, era muito engraçado", mas ela se limitou a dizer não e voltar a correr entretida no pega-pega. Sorte que o ano acabou duas semanas depois. Ela seguiu para um colégio religioso, e eu fui para outra escola.

Ainda agachada, abro os olhos

Abraço minha nuca, tapando meus ouvidos, e me abaixo, forçando os olhos a se fecharem.

Espero um, dois, desço minha mão direita ao pescoço até o cordão, sinto seus fiapos desgastados na minha palma áspera, abro os olhos devagarzinho, vejo antes meus cílios, a grade da vista que se abre lentamente para confirmar o que já temia: um lago vermelho contorna o corpo dela.

* * *

— Mamãe, que barulho foi esse?

A voz saiu ainda meio sonolenta, enquanto abria os olhos e me deparava com mamãe deitada, olhando pro teto, com as mãos unidas em cima do peito. Estava rezando?

Novamente o barulho, mamãe fez um espasmo, dois, três,

quatro estouros distantes, cinco, seis e perdi a conta quando ela respondeu:

— Sh! Não é nada, menina! Vamos dormir! — e virou para o outro lado.

Um, dois, trêsquatro, de novo, eu voltava a contar.

— Nada? — perguntei às suas costas.

— Alguma caixa de luz que estourou! Vai dormir!

Recolhi no meu colchão, virando de costas pra mamãe. O cinco, que raios de caixa de luz era essa que não parava de estourar! E a cama ainda estava gelada, fazia aquelas noites frias de São Paulo, parecia que vinha um vento cortante pra cima de mim e forçava meu corpo a ficar duro, imóvel, ou talvez só fosse o instinto de me manter alerta. Acabou? Mamãe também sentia frio? Me encolhi ainda mais tentando me esquentar e fechar os olhos, mas eles insistiam em ficar arregalados. Não podia ser nada, por que ela rezava então? Caixas de luz não estouram tanto, estouram? Aproveitei e virei novamente para mamãe, na expectativa de pegá-la no flagra de alguma ação que me trouxesse outra resposta. No colchão ao lado, ela parecia estar dormindo, ainda virada pra parede oposta, onde ficava a porta. Também encolhida, devia ter frio. Realmente, não devia ser nada.

Me vi sozinha, percebi que estávamos no silêncio, coisa tão rara. Me acostumara a dormir com os ruídos, gente falando, música alta, não importava se era dia de festa ou não, final de dia de trabalho pedia música alta, às vezes uns gritos, sempre barulhos. Mas naquela hora, nada disso, depois das tais explosões, o morro fez-se mudo.

E foi me dando conta do silêncio que minhas pálpebras começaram a ceder, e ceder e fechar. A gente dorme quando menos espera. SEIS. O susto, mamãe se levantou num pulo. Dessa vez fora mais alto, como se tivesse ali dentro. Um cheiro, tinha algo queimando? E o silêncio parou. Os gritos, eu olhei pra mamãe e não sei se o grito que somei foi com a boca ou com os olhos. E mais gritos. Um estrondo e a porta caiu. Mamãe se virou. Abaixa! Sete oito nove. Seu corpo tombou, sem nem se fazer ouvir o barulho da queda. Um estampido constante invadia meu ouvido. Coloquei as mãos na nuca, abraçando a cabeça. Me abaixei, forçando os olhos a se fecharem, como se assim pudesse expulsar o que persistia ecoando.

    Desci a mão esquerda pelo pescoço, até meu cordãozinho, presente que mamãe me fizera dois dias antes. Ainda agachada, abri os olhos.

Barranco

Enquanto os adultos dominavam a casa, decidindo que família dormiria em qual quarto, que fazer para o almoço, que evitar no jantar, o barranco, nos fundos do quintal, era a terra das crianças.

Nas férias de julho, época de pinhão, o barranco se enchia dos pequenos frutos. Com sacolas de plástico que restavam do mercado, os primos desciam e subiam, catando pinhões para serem cozidos depois do jantar e comidos em frente à lareira.

Mas a brincadeira favorita era o esquibunda. Eles todos gostavam de criar obstáculos na descida para depois pegarem caixas de papelão velhas e deslizarem. Espinhos das araucárias, pinhas ou folhas para os menos corajosos eram empilhados em diferentes áreas do barranco. Tão conhecido pelas crianças, sabiam os pontos que deslizavam mais, os pontos que forçavam um pequeno empurrão e os pontos em que a bunda saía da caixa e sujava de terra.

E foi no quarto dia das férias, em que os três garotos e a única garota brincavam de escorregar, que ouviram o som de um carro. O único que faltava, o tio solteiro, chegara e logo seu grito foi ouvido pelos primos "Meninos! As malas!".

Eles já sabiam. Quando o tio chegava, deviam todos se colocar a postos para descarregar o carro. A garota, caçula, nunca havia participado de tal empreitada, lembrava-se do tio nas últimas férias, com seus dentes gigantes, rindo de sua prontidão para ajudar, você ainda é muito pequena, ano que vem você ajuda, e a promessa do ano que vem enfim chegara, poderia finalmente se somar aos primos mais velhos e carregar alguma mala para o tio. O que realmente os empolgava era que ele costumava presentear as crianças com notas antigas da carteira como forma de agradecimento. Ansiosa para a sua estreia, correu atrás dos meninos.

O tio era desses homens altos, a princípio finos, mas cuja calça apertada por um cinto de couro revelava uma barriga que escorria saliente. Contava com duas entradas na cabeça, o que lhe dava um ar de mais velho, apesar de não passar dos quarenta anos. Tinha um rosto rosa, que se tornava quase vermelho quando punha-se a rir com os enormes dentes. Pendurou os óculos na gola da camiseta e falou para os meninos que levassem as malas para cima enquanto ele estacionava o carro. Ao ver a garota se movimentando junto aos primos, não pôde deixar de rir e interromper, você não precisa, não vai aguentar, ao que ela rebateu, mas tio, você falou que esse ano eu já teria tamanho para ajudar e aqui estou eu! Ele mostrou os dentes de cavalo e não disse mais nada.

Os três primos nesse meio tempo já haviam se colocado de frente para o porta-malas e cada um pegou uma mala ou sacola, deixando para trás apenas uma mochila e três sacos plásticos, que pareciam ter vindo do mercado. A menina, empolgada com a primeira vez, já foi empilhando todas as sacolas no braço direito e pegou a mochila no braço esquerdo. Sentiu o peso desigual no seu corpinho, mas, sem nem pensar em desistir, foi cambaleando até a porta da frente, onde despejou tudo num suspiro. Ali, era a parada para retomar fôlego e continuar na empreitada subindo as escadas em direção ao quarto dos fundos. Não via mais nenhum de seus primos, eles já deviam estar no topo da escada ou mesmo no andar de cima e se apressou no tomar fôlego. Colocou novamente as três sacolas, dessa vez no braço esquerdo e a mochila no braço direito, buscando um novo equilíbrio, e levantou-as. Quando estava na beira da escada, lembrou então que as sacolas do mercado deviam ficar na cozinha e assim fez nova parada. Deixadas as sacolas, voltou para a mochila e, agora com mais fôlego, subiu as escadas carregando-a nas costas.

Esbarrou com os primos já descendo, prontos para se encontrarem novamente com o tio no gramado, e anunciarem o fim da tarefa. Apressou-se e logo estava ela também enfileirada com os meninos, orgulhosa do resultado de sua missão. Agora era oficial, provara que conseguia se somar aos primos e a partir de então nada mais a deixaria à parte.

— Acabamos, tio! — gritou o mais velho, como se prestasse continência.

— Maravilha, meninos! Tcho ver, 5 reais pra cada um pelo serviço! — e tirando a carteira do bolso, separou três notas de 5 reais, que distribuiu entre os três meninos.

A garota ficou sem entender quando a última nota foi depositada para o mais novo:

— Mas e eu tio? Levei as três sacolas do mercado e a sua mochila!

— Ah, eu não me esqueci de você! Tá aqui, oh! — e puxou do bolso uma moeda de 1 real. — Como você é menina, ganha um pouco menos — e abriu os enormes dentes num relincho que teve eco no sorriso dos primos mais novos.

Cada um dos meninos guardou sua nota no bolso da bermuda, enquanto a garota olhava atônita para sua moedinha de um real e o tio caminhava em direção à casa. O orgulho que experimentara pelo seu esforço logo se dissipou e lhe vinha agora uma sensação desconhecida. Notou que dois olhos pousavam sobre ela e virou a face, vendo seu primo mais velho com as sobrancelhas curvadas. Ao se ver descoberto, ele desviou o olhar e correu atrás dos outros dois que já estavam na frente, indo de volta ao barranco.

A garota guardou a moeda no bolso do casaco e pôs-se a andar vagarosamente naquela direção. Na beira da descida, o primo mais velho reapareceu e se aproximou dela.

— Ei, deixa eu ver o seu dinheiro! — e abruptamente enfiou a mão no bolso dela.

— Não, para! É meu! — retrucou a garota, empurrando o primo.

O garoto retirou a mão e mudou o tom:

— Por favor, deixa eu ver a sua nota.

— Ele não me deu uma nota, foi só a moeda, você não viu?

— Deixa eu ver então.

A menina, sem entender o porquê da insistência irritante do primo, enfiou a mão no bolso para lhe mostrar o resultado dos seus esforços. Sentiu a pequena moeda metálica e, parecia haver ali um pedaço de papel. Intrigada, arqueou a sobrancelha, segurou os dois e retirou-os do bolso, revelando uma nota de 5 reais e a moeda de 1.

— Caramba! Você ganhou mais do que todo mundo!

Ela olhou para o primo com a sobrancelha ainda arqueada, viu o rosto alegre do menino e sorriu.

Brincaram no barranco o resto da tarde e todos ficaram impressionados com o quanto a menina rolava e gargalhava de seus próprios tombos. Tinha ali uma alegria contagiante e logo todos riam em coro, marcando aquela tarde com o selo especial da mais divertida das férias.

Ao voltar para casa e tirar o casaco para o banho, notou que rolara tanto que perdera a moedinha de um real e só lhe restara a nota de cinco.

Nossas bonecas

Meu irmão gostava de brincar com as minhas bonecas. Dizia que era para brincar de lutinha, e eu reclamava que estragaria meus brinquedos, que papai lhe havia comprado bonecos para isso, ele rebatia dizendo que as minhas eram mais flexíveis e ficava mais divertido, então surrupiava logo duas e se fechava no seu quarto, enquanto eu olhava para Lara, minha irmã mais velha, que dava risada.

Deixei de me incomodar quando percebi que ao voltarem à minha prateleira, pareciam mais limpas, com os cabelos penteados e brilhantes. "Lutar faz bem pra pele", Lara me dizia, e eu achava engraçado que isso fosse verdade, mas também não pensava muito, minhas bonecas estavam lindas.

Um dia ela se cansou da minha inocência e disse que o Felipe não brincava de lutinha nada, ele era um mariquinhas e gostava mesmo era de pentear e arrumar minhas bonecas.

— Mariquinhas?

— É, quando os meninos são meio meninas.

Lara me explicava as coisas de um jeito que deixava tudo mais claro. Felipe gostava de bonecas, então era meio menina, como eu. Teria uma nova companhia para minhas brincadeiras, afinal já fazia um ano que Lara não via mais graça em brincar comigo.

Na outra vez que Felipe veio pegar meus brinquedos, eu estava sozinha no quarto e sugeri que brincássemos ali juntos. Ele me olhou meio sério e disse:

— Mas você não gosta de lutinha.

Ao invés de responder, peguei uma das que tinha o maior cabelo, um dos pentes, e me sentei no chão com ela.

— Vamos brincar de cabeleireiro primeiro.

Ele me olhou ainda com a boca fechada e as sobrancelhas meio franzidas, mas ao me ver penteando a boneca, esboçou um sorriso, fechou a porta, pegou outra boneca com o cabelo bagunçado e se sentou do meu lado, começando a fazer um penteado.

Passamos a tarde assim. Trouxe meus elásticos do banheiro, para que fizéssemos penteados diferentes e o Felipe era realmente bom nisso. Prendia o cabelo todo para cima, e depois ia fazendo tranças lindas, ou então dividia, com a ponta do pente, o cabelo em vários pedaços, enrolando-os e fazendo coques ao longo de toda a cabeça. Com aqueles cabelos todos arrumados, foi inevitável não sugerir que nos aventurássemos na maquiagem:

— Elas estão tão bonitas, parece que vão numa festa!

Peguei de dentro da gaveta meu estojo com sombras coloridas:

— Uau! Onde você arrumou isso?

— Tia Bel me deu de aniversário.

Os olhos de Felipe brilhavam como os das bonecas, que iam ganhando agora mais cores com as sombras em seus rostos pálidos. Ele ia usando os pincéis, mexendo as mãos com agilidade ao mesmo tempo em que tomava o maior cuidado para não sujar as cores e misturar os tons escuros nos claros. De novo, fiquei impressionada com aquelas habilidades secretas e, com inveja da beleza daquelas bonecas, pedi ao meu irmão:

— Fê, você faz tão bonito! Por que não faz em mim?

Ouvimos o barulho da chave na porta e Felipe levou o maior susto, já se levantando. Eu segurei o seu braço:

— Ei, aonde você vai?!

— Vou voltar para o meu quarto, depois a gente termina! — ele se virou de novo em direção à porta, mas eu não larguei seu braço.

— Não! Termina agora! Tá ficando tão bonito!

Felipe empurrou minha mão do seu braço e eu caí de volta ao chão, soltando um ei! Meu pai abriu a porta com seu sorriso de boa noite, mas logo sua cara se contorceu e ele perguntou:

— O que vocês estão fazendo aqui?

— Brincando, pai! Olha que linda a maquiagem que o Fê fez em mim!

Nesse instante, Felipe me olhou com os olhos escancarados e cheios de água. Acho que eu nunca vira meu irmão tão aflito e antes que pudesse dar qualquer sentido para esse terror todo, meu pai segurou o braço de Felipe, no mesmo gesto que eu fizera antes, e disse que fosse com ele para terem uma conversa.

— Posso ir também, pai?

— Não, querida, seu irmão e eu vamos ter um papo de homens.

Só fui ver meu irmão no dia seguinte. Ele apareceu de manhã pronto para ir à escola, com um olhar bastante triste. Para animá-lo, já na perua, falei que depois da aula a gente poderia continuar nossa brincadeira do dia anterior, mas ele me cortou:

— Não, eu não posso brincar disso.

— Por quê?

— Porque é brincadeira besta de menina.

Fiquei irritada com a resposta de Felipe, ele que tanto sabia brincar de bonecas agora as desprezava, e eu voltava à estaca de zero irmãos para brincar comigo. As palavras de Lara me vieram à boca:

— Mas você é um mariquinhas!

E não sei dizer o que veio antes, se os risos estridentes que ressoaram na perua, ou as lágrimas silenciosas que despencaram dos olhos do meu irmão.

Fragmentos de Sofia (II)

Quando esticou o braço para pegar o pacotinho e olhar para o motorista, reparou que ele estava virado para o banco de trás, onde havia dois meninos. O da direita parecia estar chorando, enquanto o motorista, o pai?, conversava com ele. O da esquerda, próximo de Sofia, olhava para uma tela enquanto apertava os botões. Jogava, alheio ao choro do irmão, os olhos hipnotizados na imagem e Sofia hipnotizada nos seus dedos acelerados.

Num gesto brusco, os dedos do menino pararam e suas mãos levaram o videogame para trás de suas costas, onde ela já não conseguia ver. Levantou o olhar intrigada para ver o rosto do menino e percebeu que ele a encarava com assombro.

Mirelo

Quando ainda mal sabia dizer o nome das cores, ganhou um cobertorzinho amarelo a que apelidou de "Mirelo". Arrastava-o junto a si para todos os cantos do apartamento e, tão logo o irmãozinho aprendeu a engatinhar, seguia os rastros de Mirelo e, como se lhe fizessem cócegas, punha-se a gargalhar.

Alguns anos depois, ao serem presenteados pelos pais com um pequeno canarinho amarelo, não tiveram dúvidas quanto ao nome.

— Mirelo!

E sem nenhuma maior consideração, foi assim o batizado do bichinho, esse momento doce em que os pequenos apelidam os menores com a vasta gama de afetos que têm.

Em uma fase em que cobertores já não faziam mais cócegas e cumpriam obedientes sua função restrita de aconchego, as duas crianças buscavam brinquedos mais dinâmicos e, por que não, um animalzinho de estimação? Mirelo era a promessa de uma revolução nas brincadeiras dentro do apartamento cor de ocre e nas primeiras semanas as duas crianças ficavam fascinadas ao verem o bichinho comendo alpiste, bebendo água ou pulando de poleiro em poleiro.

Mas, preso em sua gaiola laranja, logo se mostrou tão pouco interativo quanto o cobertorzinho.

— O Mirelo num faz nada! Nem cantar ele canta!

De fato, Mirelo era um canarinho que não cantava. Aos poucos, nem mesmo as refeições do bichinho entretinham os dois. E Mirelo foi ficando cada vez mais silencioso no coração das crianças.

Aos sábados, pai e mãe tiravam a costumeira soneca depois do almoço, deixando as duas crianças brincando no quarto. E foi em uma dessas tardes que o mais novo teve uma ideia:

— E se a gente soltar o Mirelo?

— Mas por que você quer soltar ele? Não gosta dele?

— Pra gente poder brincar com ele, duh! Ele só fica ali parado nessa gaiola. A gente pode fechar a porta e a janela e soltar ele pra brincar.

A menina nem respondeu. Seus olhos começaram a pular e em um salto ela já estava na frente da gaiola, pegando-a do parapeito e rindo. Fechou a janela e, em seguida, abriu a portinhola arregalando os olhos para o passarinho. Nesse meio tempo, o pequeno irmão postou-se ao seu lado e eram quatro olhos vidrados. Mirelo, porém, continuou parado no poleiro mais acima da gaiola, apenas mexendo a cabeça secamente, como quem está pensando.

Se pensava de fato, não chegou a nenhuma conclusão, pois o bichinho manteve-se onde estava, enquanto as duas crianças olhavam ansiosas pela sua fuga plantada. Até que a mais velha impacientou-se e começou a chacoalhar a gaiola:

— Vamos, Mirelo! Você tá livre! Voa!

Ele se desequilibrou e mexeu as asas rapidamente como fazem os passarinhos desengonçados. Mas logo se reestabeleceu no outro poleiro.

Foi a vez do mais novo. Ele enfiou a pequena mão por dentro da portinhola, esticando-a na direção do passarinho. Novamente, Mirelo rebateu as asas, o que fez o menino recuar um pouco a mão. Quando o susto passou, ele foi determinado a pegar o passarinho. Agarrou-o, sentindo o corpo mole e retirou-o da gaiola.

— Coloca ele no chão!

Mirelo mal tocou as patas no chão e começou a caminhar em pequenos pulinhos, mexendo a cabecinha para os dois lados, como se explorasse o local. Dali debaixo, ele via móveis gigantes e pela primeira vez percebeu sua inteireza, sem nenhuma grade partindo-os: uma cama bege, com um colchão encaixado embaixo, do lado, uma cômoda creme com três gavetas e um abajur azulado. Na parede em cima da cômoda, o quadro de um palhaço meio abstrato. Ainda havia um grande armário branco e dois carrinhos azuis de brinquedo, esses sim do tamanho de Mirelo, jogados no chão.

As crianças rapidamente se sentaram do lado do passarinho, observando atentas sua expedição pelo quarto.

— Ele tá explorando o quarto! Olha só!

— Mirelo, o passarinho explorador!

O enorme quarto não era tão grande assim na perspectiva das crianças. Em pouco tempo entenderam que estava encerrado o reconhecimento do território e apressaram o passarinho para que fizesse algum outro truque.

— Ele podia voar, né?

Mirelo estava próximo de um dos carrinhos. O irmãozinho pegou o brinquedo e mirou-o precisamente. Em seguida, puxou-o para trás, dando-lhe impulso e o soltou, o que fez com que o carrinho disparasse na direção do passarinho:

— Voa, Mirelo! Pra não ser atropelado!

As duas crianças riam, enquanto o passarinho tomava um susto ao perceber o movimento repentino e, como esperado, abriu suas asas e voou.

— Uau!! O grande explorador Mirelo é perseguido por um carro vilão!

— E com sua super-capa consegue voar e escapar do inimigo!

— Mas será que ele vai conseguir derrotar o carro do mal?!

Pousou meio metro na frente, foi o suficiente para deixar os dois irmãos fascinados e logo os carrinhos passaram a ser os vilões que perseguiam o grande super-herói Mirelo.

Depois daquele dia, todos os sábados as crianças soltavam o passarinho. Criavam os mais variados obstáculos para o "Super Mirelo". O quarto dos dois virava uma verdadeira cidade, em que o herói amarelo devia voar para escapar dos desafios. E riam do bichinho desengonçado, julgando, nos seus movimentos afobados, pura diversão.

Foi nesse tempo que o cobertor da mais velha, já esquecido no fundo de algum armário, fez-se recordar:

— Lembra quando você colocava o cobertor nas costas e corria pelo apartamento como se fosse um super-herói? O Super Mirelo podia ter uma capa também, né?

— Quê? Nem era assim!

— Era como então?

— Eu nunca brinquei com o cobertor.

— Brincou sim! Eu lembro. Você que não lembra!

E a discussão seguiu, até que um dos dois resgatou o cobertor e colocou-o no chão, próximo à janela.

— Pronto, a partir de agora o Super Mirelo vai ter uma base.

E sorriram ao ver que coloriam o quarto de amarelo.

Essa brincadeira jamais enfadava os dois irmãos e se perpetuaria até o fim da infância. Um dia, porém, a mais velha se esqueceu de fechar a janela e, como era ela quem costumava fazer isso, o mais novo também se esqueceu de conferir. Mirelo, pássaro que era, não percebeu a fresta de pronto, ficou desengonçando no quarto como sempre. Mas, em um de seus voos rasantes, fugindo de um enorme dinossauro de pelúcia, percebeu a fresta à direita, pintada de azul e, sem nem pensar duas vezes, desviou o seu voo e foi com tudo em direção ao céu.

Os dois irmãos riram da manobra:

— Você viu isso?!

A risada da mais velha se transformou em horror e gritou para o mais novo, que se encontrava ao lado da janela:

— Fecha a janela! Ele vai escapar!

Em um segundo, o menino empurrou com tudo a janela. Em um segundo, Mirelo se encontrava exatamente no meio da fresta.

Em um segundo, também, os dois irmãos deixaram de pronunciar "Mirelo" enquanto no chão o cobertor ganhava contornos de vermelho.

Essa gente

Morávamos no final de uma rua cheia de casas, a nossa era cinza, de dois quartos e uma cozinha, eu, mamãe, e meus seis irmãos. Nós, crianças, nos reuníamos depois do almoço pra brincar de correr, de bola, ou de bicicleta. Eu colocava uma garrafa de plástico na rodinha da minha bicicleta e pedalava rua acima, fazendo o barulho igual ao das motos dos meninos mais velhos. Era uma garota de 7 anos, mas dirigia como ninguém e deixava os garotos da rua comendo poeira.

Às vezes, mamãe nos chamava pra brincar fora de casa, enquanto ficava conversando com a vizinha do lado, dona Elvira, sentadas na calçada e olhando pra ver se não vinha carro. Outras vezes, mamãe se arrumava toda e recebia o vizinho da casa da frente, seu Juca, e pedia pra que fôssemos brincar lá fora sozinhos. Chamem os meninos de Elvira pra ir com vocês enquanto eu converso com o seu Juca, só estejam em casa daqui uma hora, duas no máximo, hein!

Mamãe pensava que não sabíamos que Juca era mais que amigo, mas não discutíamos, afinal, eram naqueles momentos que nós, crianças, tínhamos a rua só pra gente, sem o olhar chato de nenhum adulto para pedir que fôssemos mais devagar ou voltássemos pro final da rua.

Numa dessas vezes, a casa amarela, do meio da rua, recebia novas moradoras. Duas moças carregavam sozinhas um monte de coisas para dentro. Coisas, sim, não eram simples cadeiras e colchões, como tinha lá em casa, mas coisas estranhas, fiquei subindo e descendo a rua, virando a cara na frente da casa amarela só pra conseguir espiar o que elas levavam lá pra dentro. Vi uma espécie de boneca gigante, como era o nome, manequim, fiquei sabendo depois quando tive a chance de perguntar "que é isso?" pra moça que tinha o cabelo curto, feito homem. Dudu, meu irmão mais novo, chegou a se confundir até e chamar ela de "moço". Rimos todos quando ele percebeu a confusão. Também carregavam várias pinturas coloridas. E plantas, muitos vasos de plantas, algumas verdes, outras roxas, e teve um boato que tinha até folha azul lá dentro, só que isso era papo do Juninho, da casa cor-de-pêssego, não sei, essa eu não vi. Fora as caixas, que prometiam mais coisas misteriosas e bizarras, mas naquele dia a gente ficou só imaginando.

Dessa vez, mamãe teve que sair pra chamar a gente, tínhamos estourado as duas horas e quando voltamos só se falava nas novas vizinhas e nas bugigangas que escondiam na casa amarela. Minha mãe deu pouca importância, ainda não tinha visto as duas, fizemos a janta e fomos dormir.

Depois da mudança, fomos esquecendo as vizinhas, era raro encontrar com elas na rua e suas coisas ficavam fechadas lá na casa sem que pudéssemos ver.

Acho que tinham se passado já dois meses quando eu brincava com os meninos no fim do dia e vi as duas moças pintando o muro na frente da casa amarela. Ali era casa abandonada, parede toda caracachenta, mas que agora ficava num azul bonito de brilhar os olhos.

— Que cês tão fazendo aí? — Juninho, sempre o mais cara de pau perguntava pras moças.

— Pintando a parede.

— Pra quê?

— Pra ficar bonita.

Satisfeitos com a resposta, os meninos já continuaram a pedalar, mas eu queria saber mais. Observei as duas com seus pincéis que pareciam ressuscitar aquela parede. Do lado, uma escada e nos seus degraus havia potes de tinta. Fiquei olhando praqueles potes azuis e quando vi meu dedo indicador já estava dentro de um deles.

— Posso ajudar?

A moça de cabelo comprido, que depois me falou se chamar Helena, disse que não tinha mais pincel. Então, ali parada olhando as duas pintando, desembestei a falar enquanto passava meu dedo azul na parede. Contei da escola, que era o único lugar em que eu conseguia pintar, mas só com lápis de cor, tinha pouca tinta e a professora só liberava nas ocasiões especiais, como dia das mães ou das crianças. Falei que uma vez eu pedi pra minha mãe que me comprasse uma latinha de tinta e ela disse que isso só servia pra bagunça, então não tinha tinta nenhuma em casa, mas quando a gente ficava com vontade de aprontar, pegava uma pedra na rua mesmo e ia riscando o asfalto, fazendo desenhos ou pintando amarelinha pra jogar depois com a mesma pedrinha. Que uma vez a gente fez um risco que parecia infinito, ia desde lá de baixo até um cocô bem molenga de cachorro na frente lá da primeira casa da rua, onde morava uma velha meio rabugenta cheia dos cachorros, e aí falamos pro Juninho que se ele seguisse a linha do giz ia dar num tesouro especial, e ele seguiu todo animado e depois quis bater na gente quando viu o cocozão.

A Helena não falava muito, parecia concentrada no azul, mas a Maria, a de cabelo de menino, parecia se divertir com as minhas histórias porque soltava algumas risadas e cutucava Helena como se dissesse, olha, ela é engraçada.

Foi dessa vez que consegui perguntar da boneca gigante e a Maria me contou que chamava manequim e servia pra pôr roupa. Perguntei se eu podia ver, e Helena já interrompeu dizendo que não, tava lá dentro, e apontou pra casa amarela, com a fresta da porta aberta, dizendo que tudo tava uma bagunça.

Então eu parei de falar e me afastei das duas, indo em direção à fresta, elas nem me notaram, tão entretidas com o seu azul. Cheguei na beira da entrada, no degrauzinho e enfiei a cara no buraco da porta. Um corredor largo em que vasos e mais vasos de plantas se sobrepunham a vários quadros coloridos, com personagens narigudos e de bigodes, e sentado no vaso da frente, um boneco de duende com capuz vermelho e barba branca...

— Sai daqui, filho da puta!

Um grito lá no fim da rua. Era mamãe que punha seu Juca pra fora de casa a chineladas. Nessas horas de barraco, todo mundo saía de suas casas. Os mais enxeridos nem disfarçavam, ficavam olhando com os olhos fixos, outros fingiam que iam aparar alguma plantinha da calçada ou resolviam passear com seus cachorros, como se a sincronia barraco-e-xixi fosse algo inevitável.

Helena e Maria eram mais discretas, olharam para o fim da rua no susto, mas depois voltaram à parede. Eu continuei observando a cena, Seu Juca correndo de volta pra casa dele e mamãe esbravejando:

— Filho da puta!

Então, ela virou o rosto e me viu:

— Luísa!!! Volta já pra cá!

Me afastei da entrada, falei tchau pras duas moças e desci correndo pra casa, vendo mamãe com a testa franzida e a mão na cintura:

— O que você tava fazendo ali?

— Falando com as novas vizinhas. A Helena e a Maria. Elas são legais!

— Não quero você falando com essa gente.

Eu pensava que essa gente éramos nós. Pelo menos, foi assim que a Gigi, menina lá do começo da rua me chamou uma vez, quando cheguei perto dela perguntando se ela não queria jogar comigo. Ela disse que não podia brincar e quando eu perguntei por quê, respondeu que os pais dela tinham dito que ela não podia brincar com essa gente aí de baixo. Eu não entendia o que ela queria dizer, mas doía, ela tinha umas bonecas bonitas e lá em casa eu só tinha uns farrapos velhos. E agora mamãe me confundia, dizendo que Helena e Maria também eram *essa gente*, mas que eu não podia falar com elas.

Achei melhor ficar quieta, seu olho refletia fúria e nas vezes que eu perguntava muito quando ela estava assim, sobrava pra levar chinelada, que já estava ali a postos. Mamãe parecia não ter muita paciência pros nossos questionamentos, e via na ameaça do chinelo uma forma rápida de nos manter calados ou ensinar lições. Uma vez, Dudu pedalava rápido demais e ela gritava "mais devagar, Dudu!", ele não ouviu e como se ela já soubesse o que ia acontecer, meu irmão perdeu o controle da bicicleta e capotou, batendo a lateral da cabeça na beira do passeio. Não sangrou, nem nada, mas ele abriu aquele berreiro e olhou pra nossa mãe com os olhos miudinhos. Ela só disse pra parar com o drama e que tinha avisado, ele insistiu no choro e então mamãe levantou a perna direita, conhecíamos esse movimento melhor do que nenhum, Dudu engoliu suas lágrimas na hora e escapou de uma chinelada que prometia ser das brabas. Lembro que me doeu o coração ver Dudu assim, mas eu sabia que se fosse lá abraçá-lo de duas uma: ou mamãe me veria como traidora e levaria os chinelos pra mim, ou o próprio Dudu me olharia com aqueles olhos marrentos, afinal, querendo ou não, as lições de mamãe funcionavam e ele entendia que tinha que se virar sozinho.

Os meninos ainda estavam no começo da rua e eu ia em disparada, quando vi a porta da casa amarela um pouco aberta. Parei a bicicleta e deixei que me ultrapassassem, Ué, Luísa, e aí?

Já vou! E fiquei ali na frente, olhando para aquela fresta e em seguida pros lados pra ver se não vinha ninguém. Os garotos já tinham sumido e era uma das poucas vezes que a rua parecia realmente vazia, como se ela dissesse vai, não tem ninguém olhando, mata sua curiosidade.

E desde a última vez que eu tive um momento de vislumbre daquele lugar tão peculiar ele não me saía da cabeça. O que eram todas aquelas pinturas de narizes estranhos? E aquele duende? O que mais teria lá dentro? Quem era *essa gente* afinal? Nem pensei duas vezes, empurrei a porta e puft, estava dentro.

Não era só um corredor com plantas e quadros. Tinham outros detalhes que eu não reparei na minha breve espiada. Em alguns dos vasos, pequenos objetos, miniaturas, encostados na terra, um porquinho rosa em um, noutro um gatinho amarelo; e nem todos os vasos eram vasos normais, quer dizer, vi uma boneca com um bigode desenhado e uma sobrancelha só e a cabeça dela parecia cortada, porque de lá saíam plantas e brotinhos de flor: era uma boneca-vaso! Que coisa estranha! E aí eu vi a grande boneca, o tal do manequim, toda colorida, com a boca bem vermelha, uns óculos de sol tapando seus olhos e o nariz meio esverdeado. Ela também tinha a cabeça cortada, mas não saíam plantas de cima dela, e sim algumas revistas. No corpo, alguns colares, o manequim brilhava no meio dos quadros. E as pinturas, bom, tinham os narizes estranhos, tinham também alguns passarinhos pintados e umas ovelhas e bichos que eu não sabia muito bem o que eram, mas eram bichos, porque tinham patas e focinhos e eram engraçados.

Ia caminhando devagar, buscando pegar cada detalhe daquele corredor tão diferente. E quando cheguei ao fim, vi uma porta, diferente de todas as portas que eu já tinha visto, porque não era lisa, de uma cor, e sim cheia de desenhos e marcas de tinta, e na maçaneta redonda, uma massinha tinha sido pregada, moldando uma cara de uma velha bruxa. Toquei e estava dura, então virei a maçaneta e abri a porta.

Espiei e logo vi Helena e Maria. As duas sentadas num sofá vermelho, Helena deitada no ombro de Maria, e Maria mexendo no cabelo comprido de Helena, as duas de olhos fechados, com um leve sorriso no rosto, como se estivessem muito tranquilas. Nunca tinha visto duas amigas tão próximas e subitamente senti toda a minha agitação da espionagem sumir, o que restava era uma sensação aconchegante, e fiquei ali, com o olho colado na fresta, observando. Helena virou o rosto e deu um beijo na bochecha de Maria, e ela se virou e deu outro na bochecha de Helena, então Helena colocou os dedos nos curtos cabelos de Maria e virou mais um pouco.

Senti meu rosto queimar de vergonha, fechei a porta e corri com medo de que as duas me descobrissem. Minha cabeça de menina já conseguia preencher qual era o próximo movimento e enquanto corria não parava de pensar que Helena e Maria iam se beijar. Eram elas as lésbicas. Juninho e os outros meninos mais velhos da rua já tinham me mostrado um vídeo uma vez, duas mulheres peladas, fazendo coisas estranhas entre alguns beijos e gritando. Olha só essas lésbicas, Luísa. E eu só soltei um credo! Tira isso daqui!, e eles rindo da minha cara, que é que tem? São só duas mulheres que se gostam muito, olha só, e gargalhando ainda mais, todos vidrados naquela tela miúda de celular, e eu sem entender a graça que viam naquilo e de onde eles tinham tirado que lésbicas eram mulheres que se gostavam, porque no vídeo elas mais pareciam estar se azucrinando do que qualquer outra coisa.

Mas agora que eu vira Helena e Maria naquele momento, entendia algo que os meninos e mamãe jamais tinham percebido, guardando comigo o segredo dessa gente.

Lila

— ... É como se fosse um Alzheimer.

Aquela palavra nada significava para as duas crianças, mas seu som reverberou como aperto. Olharam para Rodrigo, o irmão mais velho que partilhava essas conversas confusas dos adultos e notaram seus olhos úmidos. Não estavam enganados, a cachorrinha não ia bem.

Lila já tinha 16 anos. Foi adotada quando Rodrigo mal se equilibrava sobre as duas pernas e acompanhou toda a fase em que as crianças queriam fazer dela brinquedo. No último ano, a cachorrinha, apelidada carinhosamente de canguru por seus pulos serelepes, deixou de saltar para rodar confusa pelo apartamento e latir para a parede na madrugada.

— Infelizmente, não existe tratamento, mas também é possível que o quadro não progrida, ou progrida devagar, pelo menos. Não dá para prever...

— Mas ela tá sofrendo? — interrompeu a mãe, cujo rosto permanecia firme.

— Olha, isso é algo que só vocês vão conseguir dizer. Ela apresenta esse estado de confusão mental, mas não percebe. O problema é se ela começar a se machucar sem querer...

— Se machucar? Como assim?! — foi a vez do menino mais novo que tentava montar algum sentido para aquilo tudo. — Não entendi, ela tá doente?

O rosto da mãe amoleceu e ela olhou para o filho com doçura:

— Quando as pessoas ficam muito velhas, a cabeça vai parando de funcionar, filho. É como se elas fossem desaprendendo algumas coisas básicas, sabe?

— Como um bebê?

— Isso, é como se fossem voltando pro estado de bebê.

— Ah, mas então a Lila tá ficando mais nova!

Dias depois, já esquecidas da consulta, as duas crianças brincavam no chão do quarto com alguns carrinhos, quando ouviram as patinhas de Lila se aproximando.

— Lila!

A cachorrinha surgiu devagarinho na beira da porta, seus olhos acinzentados sumindo no pelo grisalho, e parou olhando a parede. Em seguida, latidos esganiçados.

— Que doida, ela tá latindo pra parede! — e não pensaram em conter as risadas.

— Lila! Para!

Seu corpo se fazia ausente. Lila nem respondeu ao estímulo

de seu nome e continuava a latir como se visse grande ameaça na parede branca. O mais novo se aproximou e tocou-a, o que fez seu corpo dar uma leve chacoalhada e os latidos cessarem para que a cachorrinha voltasse a andar para fora do quarto.

— Eu hein, que doida!

Voltaram a brincar, mas logo ouviram as patinhas que pareciam se aproximar e se afastar, para se aproximar e afastar.

— Lila?

E as patinhas no embalo de uma valsa.

— O que ela tá fazendo?

Foi a vez da menina sair do quarto para espiar. Viu a cachorrinha rodando em círculos no corredor e ora esbarrando na parede, batendo o corpo ou a cabeça, parando por um momento desnorteada para seguir a rodar.

Dessa vez a menina não riu. Lembrou-se da fala da médica, o problema é quando ela começar a se machucar, e se debruçou sobre a cachorrinha, prendendo-a imóvel no seu abraço.

Na bicama, a garota sonhava com uma visita ao parque, com um amplo lago em que desenhos de colegas do maternal boiavam. Procurava alguma coisa e, para isso, tinha que escolher o desenho de um dos amigos para mergulhar por debaixo. Sentiu um corpo peludo e ao puxá-lo para superfície era Lila. Na beira do lago, que agora já ganhava contornos de piscina, sentou-se para olhar a cachorrinha e em seguida se sentia pisoteada: um exército em marcha passava por ela e, desesperada, acordou.

Lila estava em cima dela, não como cães que saltam em cima de seus donos para carícias. Ela simplesmente rodava e pisoteava a menina, desnorteada, com seus olhos brancos que se destacavam na escuridão.

— Lila! — e empurrou a cachorrinha para o chão.

Ao ouvir o grito da irmã, o garoto acordou e de cima perguntou o que estava acontecendo.

— A Lila entrou aqui e tava andando em cima de mim.

O menino se levantou e carregou a cachorrinha até a sua cama no corredor em frente ao quarto. Depois, os dois voltaram a dormir. Mal deu tempo de mergulhar de volta à piscina e a cachorrinha os interrompia novamente, agora com seus latidos.

O mais novo levantou coçando os olhos e encontrou Rodrigo que se aproximava de Lila, fazendo com que ela parasse os latidos:

— Por que ela tava latindo, Rô?

— É a doença da Lila. Pode ir dormir, eu vou ficar aqui com ela.

E ele se afastou enquanto Rodrigo se sentava ao lado da cachorrinha para afagá-la até dormir.

— Mãe, a Lila tá deitada em cima do cocô dela.

Ao ouvir aquilo, a mãe já se levantou da mesa da cozinha e foi direto para a pequena varanda. Lila roncava em cima de seu tapete de xixi, todo manchado de amarelo.

— Só tem xixi aí, Rô.

— Não, tinha um cocô, eu vi mais cedo, ela tá em cima.

A mãe fez uma cara de desgosto e se ajoelhou ao lado de Lila. Cutucou a cachorrinha que acordou num susto, mas manteve-se imóvel.

— Ai, Rodrigo, tira ela daqui. Vamos dar um banho.

O garoto se ajoelhou do lado da mãe e segurou o corpinho quente de Lila, puxando-o para perto e revelando o cocô esmagado. Seus olhos se encheram de lágrimas:

— Ela tá mal, não tá?

A mãe se limitou a fazer um muxoxo e colocou a mão no ombro do garoto.

— Leva ela lá pro banheiro, vou chamar os meninos, eles vão achar farra.

Rodrigo colocou a cachorrinha no colo, sem dó de sua camiseta da banda favorita, e carregou-a até o banheiro enquanto a mãe ia ao quarto das crianças chamá-las:

— Quem quer me ajudar a dar banho na Lila?

— Eu!

A água morna caía nos pelos cinzentos de Lila e todos ficavam repuxados para baixo, como se lhe pesassem e só houvesse espaço para seu corpo pelado. Ali, verdadeiramente nua, ela parecia tão pequena, e se não fossem os olhos quase brancos remeteria ao tempo em que chegara aos quatro meses para a família, e despertava o mesmo riso alegre das crianças ao chacoalhar-se e fazer respingar suas gotas.

Assim passaram aquela tarde, os quatro banhando a cachorrinha com tanto carinho e delicadeza, como se a preparassem para uma ocasião especial.

— Eu sempre acho importante que todos estejam com ela. Se conseguirem trazer as crianças também...

— Sim, sim, com certeza, viremos todos.

— Ela não vai sentir dor mesmo, né? — perguntou Rodrigo, os olhos úmidos.

— Não, fique tranquilo. Ela vai receber uma injeção para dormir e, depois, não vai sentir mais nada.

A imagem do que viria a ser a cena de Lila ausente assustava Rodrigo, que segurou suas lágrimas no caminho de volta para casa, enquanto sua mãe dirigia concentrada.

— Sabe, Rodrigo, a cachorrinha da tia Ângela tá quase dando as crias. A gente podia pegar um filhotinho...

— Mas já? Você já tá matando a Lila...

— Não, filho, tô pensando em vocês, e depois, não é porque a Lila vai embora que não podemos ter mais cachorrinhos. A da Ângela é tão dócil, as crianças vão adorar e você...

A partida de Lila aconteceu três dias depois da visita à veterinária. Os dois irmãos ainda dormiam quando a mãe saiu com Rodrigo e Lila carregada no colo. Não tiveram coragem de explicar para os menores e ficaram com a desculpa lacônica de que Lila morrera por conta de sua doença.

No consultório, o procedimento foi como a veterinária descrevera, Rodrigo, sentado na cadeira com Lila no colo, podia sentir a respiração devagar daquele corpinho tão leve. Lembrou-se de criança, quando carregava-a com dificuldade pelo apartamento. Quando foi que Lila tornara-se tão pequena nos seus braços?

E então, como se acompanhasse seus pensamentos, sentiu o corpinho esvair-se e súbito os ossos se fazerem moles, revelando uma Lila molenga, caída, sem vida.

Dessa vez, as lágrimas cederam em jorro, enquanto a mãe o abraçava com a promessa vazia de que tudo passaria.

Duas semanas depois, as crianças assistiam à televisão no sofá, enquanto comiam um balde de pipocas. A mãe e Rodrigo tinham saído rapidamente, deixando os dois sob os cuidados da vizinha.

O barulho da chave ressoou no intervalo do desenho.

— Filhos! Vejam só quem chegou!

Do sofá, os dois podiam ver o irmão mais velho com os braços dobrados. Rodrigo carregava no colo pequena cachorrinha branca com manchas marrons e olhos escuros.

Os olhos do mais novo brilharam e ele correu do sofá para passar a mão na pequena pelagem. A menina permaneceu parada em frente à televisão, olhando com desconfiança para o irmão mais velho, cujo rosto congelava um sorriso.

Fragmentos de Sofia (III)

O carro de trás abaixou o vidro e uma voz grossa gritou:
— Ei, menina! Vem cá!
Sofia correu para o vidro aberto, já estendendo a mão.
O motorista, homem engravatado com uma pequena barba, deu risada:
— Que é isso, menina? Não ganho nem um "bom dia"?
— Desculpa, moço, bom dia. Você consegue ajudar com algum trocado?
O moço sorriu satisfeito, recolhendo suas moedas da porta do carro.
— Mas é claro, menina. Com essa simpatia dou até dois! — e deixou cair as moedas na mão estendida.
— Obrigada, moço, Deus te abençoe.
— De nada, boa sorte! — sorriu satisfeito, fechou o vidro.

Maria Fernanda e Ana Maria

Maria Fernanda e Ana Maria eram gêmeas e minhas primas distantes. Não sei se de 3º, 4º, 5º grau, nem sei até que grau é aceitável o título de prima. Mas foi assim que minha mãe se referiu a elas ao anunciar "no feriado, fomos convidadas para ir ao sítio da tia Roberta". "Tia Roberta?". "Sim, é uma prima distante da mamãe, você já viu em algum Natal, não lembra?" "Acho que não..." "Bom, ela tem duas filhas, quase da sua idade, vocês brincavam juntas quando menores".

"A gente tem mesmo que ir?" Fiquei preocupada com a quebra inesperada na rotina. Tinha me organizado para, ainda durante a semana, terminar os estudos de Geografia e, no feriado, me dedicar inteiramente à História, já que eu teria uma prova dali a duas semanas e não me contentava com menos do que nove. Também pretendia terminar o livro que estava lendo no feriado.

Minha mãe não se convenceu pelos meus argumentos. Disse que seria bom sair um pouco, respirar ao ar livre e aproveitar um espaço a céu aberto, longe dos livros. "Longe dos livros? Eu não posso levar meus livros?!".

Chegamos ao consenso que eu poderia levá-los e seguir com meu planejamento mesmo lá, contanto que fosse e desse atenção às tais primas gêmeas. Saímos no sábado cedinho, sem nenhuma queixa, eu já acordava cedo por conta da escola e aos finais de semana aproveitava o horário biológico para estudar. A viagem duraria duas horas e fomos aproveitando a estrada ao som de algum mpb antigo de mamãe.

A entrada do sítio era marcada com um portãozinho velho, ao final de uma estrada de terra realmente esburacada. A portinhola estava aberta e seguimos pela estrada que desembocava numa pequena ponte sobre um riachinho, e ali já estávamos no descampado que dava para a casa. Tia Roberta nos esperava na porta, junto de suas filhas.

Eu realmente não lembrava de já ter visto duas pessoas tão iguais. Uma do lado da outra, os cabelos armados, acima do ombro, se uniam, na mesma altura, como se a cabeleireira tivesse medido os dois cortes juntos, fazendo deles um só. Naquela época, eu estudava na escola como polos opostos se atraíam e via ali a comprovação da falência científica para explicar os fenômenos mais triviais: o enroscamento dos cabelos punha por terra toda a teoria.

Fora os cabelos, nada mais me chamou atenção: os mesmos olhos, o mesmo nariz e a mesma boca, levemente encurvada para cima. Estavam rindo?

Saí do carro para que mamãe pudesse estacionar e, ao me verem se aproximar, desmontaram a posição estática e se puseram a correr até mim, cheias de curiosidade, como se algo diferente, nas suas aparências tão iguais, roubasse o seu status de raridade. Posso jurar que mesmo correndo, os passos eram tão simétricos que os cabelos não deixavam de se desgrudar. Mas ao chegarem até mim, cada uma tomou um lado e me fizeram de espelho. Que lindo o seu cabelo, prima!, soltou uma delas, ou talvez as duas em sincronia, ao tocarem meus cabelos abaixo dos ombros, confirmando então que era aceitável nos chamarmos de primas.

Obrigada, o de vocês também, respondi sem graça, me afastando do contato tão próximo numa primeira apresentação. Ah, e quem é quem? E dessa vez elas responderam em tempos diferentes, enquanto Ana Maria se precipitou, Maria Fernanda teve um atraso que durou exatamente o tempo de se dizer a palavra "Ana", assim que, na dessincronia, as duas se sincronizaram no átimo de um "Maria", para em seguida Ana seguir no silêncio e Fernanda terminar de se apresentar.

Enquanto isso, tia Roberta recebia minha mãe, que terminara de estacionar o carro. Meninas, venham ajudar com as malas! Imediatamente as duas correram, quebrando o espelho e voltando à dança dos cabelos. Demorei para me mover, porque de costas, a cena era ainda mais bizarra, sem a presença dos rostos, parecia uma cabeça só, dividida em dois corpos, como é que se chamava isso? Siameses, pareciam siamesas. Quando as duas pararam e olharam para trás, dividindo a cabeça, percebi que tinha me alongado nas minhas divagações e corri para ajudar com as malas.

Nossa, que mala pesada, hein! Tia Roberta deixou escapar ao pegar a minha mochila. São os livros, mamãe respondeu. Você lê? Que nerd! Soltou uma das gêmeas e as duas caíram numa risada que me pareceu bastante forçada. Tia Roberta ficou vermelha e se desculpou, eu não dei importância, disse que tudo bem. Na escola era assim, as outras crianças tiravam sarro por eu preferir passar meu recreio na biblioteca, com algum livro ou almanaque. No começo acho que até me chateava, mas nunca fui de responder e com o tempo o silêncio foi me acostumando a certa sensação de apatia. Vi que na verdade, dentro da sua simetria tão rara, as duas não deixavam de ser iguais a todas as outras crianças.

Ainda era cedo para almoçar, o horário do sítio era diferente do da cidade, tia Roberta já nos esperava com a mão na massa. Fazia uma bela macarronada. Não me imaginava almoçando às 11 horas da manhã, mas foi só sentir aquele cheiro de tomate fresquinho que meu estômago roncou.

O papo do almoço foi meio sem graça. Mais a tia Roberta atualizando minha mãe das últimas fofocas do lado dela da família e eventualmente fazendo uma pergunta ou outra sobre mim "Ah, ela já está na 6ª série? Caramba, começou a ficar difícil já, né?".

As gêmeas, para variar, se sentavam uma do lado da outra, naquela velha configuração dos cabelos grudados, e participavam animadas da conversa, como se para elas aquilo tudo tivesse muita graça. Enquanto falavam, eu só conseguia ficar encarando embasbacada, buscando um traço ou pinta que pudesse diferenciá-las, na minha cabeça ainda não entrara a ideia de que era possível que fossem cem porcento iguais. Mas sentia que seria só elas trocarem de lugar na mesa que já perderia quem era Maria Fernanda ou Ana Maria e que difícil, até o nome era um tanto igual! Percebi que eu já acabara com meu macarrão enquanto o prato das duas estava cheio. E qual não foi a surpresa ao notar a primeira, e talvez única, diferença: uma enchera seu prato de massa, e colocara pouquinho molho, a outra transbordava no molho que formava uma piscina em torno do pouco de macarrão. Meu prato já estava em restos, mas se alguém o olhasse com atenção minutos antes, veria que a dosagem de macarrão e de molho obedecia à simetria, meio a meio, sem pesar para nenhum dos lados.

— Você já tá na 6ª série? Mas ué, quantos anos você tem?
— uma delas me perguntou quando íamos as três para o pomar depois do almoço.
— 12.
— Ah, eu tenho 10.
— Eu também.
— Mas vocês são gêmeas, é claro que têm a mesma idade.
— Sim — as duas responderam juntas e, em seguida, deram risada.

Conforme nos aproximávamos, árvores iam tomando a cena. Uma de tronco fino, com folhas verdíssimas e pontudas me chamou a atenção:

— Olha, quanto abacate! — deixei escapar, apontando para os enormes frutos verdes pendurados.

As gêmeas se olharam e vi suas sobrancelhas encurvarem numa angulação que se pudesse medir com meu transferidor poderia jurar ser idêntica, mas logo relaxaram em nova risada:

— Abacate? Aquilo é mamão, sua doida!

Ruborizei no mesmo momento, sentindo-me estúpida por confundir a fruta de que mais gostava com aquela que rendia um creme sem graça nas sobremesas de domingo.

— Ah, puxa, me desculpem. Eu jurava que era...

— Por que você é tão séria? — Ana Maria encostava no meu ombro me interrompendo, deixando minha face ainda mais vermelha.

— E você parece um pimentão agora! — a outra completou, rindo.

As duas caíram na risada e embora eu soubesse que deveria me somar àquele jogo, permaneci enrijecida, olhando para os mamões que me confundiam e ainda sentindo a mão de Ana Maria no meu ombro.

No fim da tarde, eu lia sozinha no quarto quando ouvi duas batidas na porta. Gritei que entrasse.

A porta escancarou e aquele emaranhado de cabelos surgiu desgovernado. As duas vieram correndo em minha direção e, apoiadas com os cotovelos na cama e joelhos no chão, aproximaram os rostos do meu livro:

— O que cê tá fazendo, prima?

— Lendo — voltei meus olhos para o livro.

— Vamos lá jogar?

— Preciso acabar o capítulo.

— Tá, tá, falta muito?
Eu folheei o livro, contando as páginas:
— 6 páginas.
— Tá bom, a gente te espera então.

Esperei que saíssem, mas as duas ficaram lá, vidradas em mim.

— Aqui?
— É, uai.
— Não, aqui não. Lá fora, eu já vou.

No entanto, elas permaneceram paradas.

— Você gosta tanto de ficar aí com seus livros e deve ser divertido mesmo, então deixa a gente assistir.

Não respondi ao que julguei ser nova provocação e voltei a ler meu livro. Mas as letras já não juntavam palavras, conseguia ver apenas o lado esquerdo do cabelo de uma e o direito do cabelo de outra, emoldurando meu livro e sentia aqueles olhos risonhos fixos em mim. Normalmente, eu conseguia ler em qualquer situação, no ônibus, no recreio, com o barulho mais agudo, mas aqueles cabelos ali, me lembrando da presença delas, fez não sei o que em mim que as palavras não fixavam. Tentei ler uma, duas, três vezes o mesmo parágrafo, e como ainda não entendia se o personagem, Hugo, tinha ou não aberto a porta, resolvi mexer meus olhos de um lado para o outro, fazendo o rosto mais concentrado possível e ignorando a moldura que me prendia. Não lia nada, verdade, mas fazia que lia, e fui assim, ao longo das 6 páginas, num ritmo recorde de leitura.

— Pronto! — e coloquei o marcador pensando que na próxima vez teria que lembrar de voltar 6 páginas.

As duas se levantaram rindo, não sei se teriam percebido minha farsa, e eu segui aquele emaranhado de cabelos, até que se virassem:

—Vamos no nosso quarto que mamãe tá vendo novela na sala.

O quarto das meninas tinha uma só cama, e eu imaginei que durante a noite então seus cabelos realmente viravam um só.

— Vocês dividem a cama também? — deixei escapar encafifada.

Elas riram da minha inocência, enquanto uma, não sei se Maria Fernanda ou Ana Maria, se agachou na beira da cama e levantou a colcha, revelando um colchão de bicama.

Percebi que estava ruborizando novamente, então virei de costas para elas, observando o resto do quarto. Fora a bicama, havia dois cestos equilibrados na mesma altura de roupas sujas, duas mochilas abertas largadas no chão com o mesmo grau de desleixo e uma cômoda com três gavetas, número ímpar que não parecia fazer sentido algum naquele quarto. Mas antes que eu fizesse uma pergunta estúpida que me pusesse rubor nas bochechas novamente, uma delas disse:

— Abre essa terceira gaveta, é aí que ficam os jogos.

Mistério resolvido, abri a gaveta: algumas cartas de Uno, um jogo de tabuleiro com a caixa meio amassada e um xadrez, que peguei e mostrei para elas toda animada:

— Olha, eu adoro xadrez!

O deboche já se via no rosto das duas:

— Eu sabia que você ia escolher o xadrez. Mas esse aí só dá pra jogar de duas, né.

E percebendo que somávamos três, me corrigi:

— Claro, claro. Só quis contar que gosto. Vamos jogar o Uno.

Catei as cartas espalhadas e juntei-as num bloco só. As duas se sentaram no chão, uma de frente para a outra e eu me somei fazendo uma roda. Comecei a distribuir, assumindo a organização do jogo. Perguntaram quem começa e eu falei "a Maria Fernanda" como se isso fizesse parte de alguma das regras. Pronto, Ana Maria estava à esquerda e Maria Fernanda a espelhava à direita.

Durante o jogo, a estratégia das duas era a mesma: prejudicar a todo o custo a própria irmã. A desunião dos cabelos se via refletida nessa disputa ferrenha entre elas, e eu me aproveitava dessa estratégia para ir me livrando de minhas cartas até vencer uma, duas, três vezes.

— Não tem graça jogar com você, você só ganha! — Ana Maria reclamou.

— Deixa ela! Vamos virar!

E como se só essas palavras fossem o suficiente para fazer qualquer acordo, as duas mudaram drasticamente de estratégia e deixaram de dividir-se para ter um alvo em comum: eu. Agora, todas as jogadas buscavam me prejudicar.

Mesmo assim, consegui chegar à quarta vitória, o que me arrancou um sorriso de satisfação.

Dessa vez, ao invés de reclamar novamente, Ana Maria abriu um sorrisinho engraçado, com a boca meio grudada, sem mostrar nenhum dente, e disse:

— Oh, como você é boa, vem cá me dar um beijinho! — e fez

um biquinho, fazendo Maria Fernanda explodir na gargalhada.

Eu a olhei assustada, sem entender que tipo de brincadeira era aquela. E logo Maria Fernanda entrou na jogada:

— É, vem cá, prima, você não quer ser nossa namorada? — e as duas riam, como se tivessem contado a piada mais engraçada do mundo.

Não achei graça nenhuma naquilo e pedi que parassem. Mas elas só continuavam.

— Olha, ela tá vermelha de novo! Não precisa ficar com vergonha, vem cá, dá um beijinho!

Pronto, eram duas fazendo biquinho e barulhos de beijos. E eu devia corar ainda mais, sem entender se aquilo era alguma espécie de brincadeira ou se era apenas parte de uma cena de terror.

— Sai, que é isso!

— Vem, prima, você vai ser nossa namorada!

E a risada das duas. E eu desesperada. E vermelha e vermelha.

— Sai, gente!

— Dá um beijinho!

Levantei rapidamente, largando as cartas no chão e corri de volta para o meu quarto, ainda ouvindo o eco das gargalhadas destrambelhadas.

Nos outros dias, me esquivava da companhia das meninas, restringindo-a somente aos momentos inevitáveis, como as refeições. Elas não voltaram no papo do beijinho, mas vez ou outra pegava as duas me observando com aquele mesmo sorriso que Ana Maria havia me dado antes de começar com a brincadeira e quando percebiam que eu as havia notado, riam com os dentes.

Eu me fechava no quarto nas horas livres e tentava voltar à minha leitura ou aos estudos de História. Elas vieram me chamar de novo para jogar ou ir ao pomar, eu dizia que estava ocupada e que precisava terminar meus estudos.

— Ah, prima, é por que a gente fez aquela brincadeira que você não gostou? — uma delas reclamou.

Eu fiz como quem não ligava, disse que já tinha esquecido aquilo, só precisava estudar mesmo e terminar o meu livro que estava muito interessante.

Mas a verdade é que eu não conseguia avançar em nada na leitura. Meus olhos continuavam sem conseguir formar as palavras, só tendo vislumbres daqueles cabelos se aproximando e me amarrando pelos dois lados. Talvez, de volta à São Paulo e longe daqueles cabelos irritantes, eu conseguisse ler com calma.

Aninha brincava no quintal

Quando largou as bonecas para brincar com os gatos da vizinhança, ninguém saberia precisar. Sua mãe morrera no parto e ela ficara sob os cuidados da empregada do pai. Ele, naquela época, era um beberrão solteiro. Aninha vivia com Maria e José, no quartinho dos fundos, conjugado à casa do seu pai. Maria cuidava da faxina, José, do jardim e da segurança, e quando Aninha ainda era nova demais para que pudessem obrigá-la a ajudá-los nas duas funções, brincava de caçar pequenos gatinhos na vizinhança e enforcá-los, com um pedaço de pano que se soltara de um vestido.

O enterro era o momento preferido. Cavava um buraco no fundo dos quintais, enfiando as unhas com força na terra. Não raro fazia sangrar as mãos, e nesse momento oscilava, se escolhia pela forca é porque tinha extrema agonia de sangue. Mas o bicho já estava morto e precisava ser enterrado.

Finalizada a cova, encaixava o corpinho mole, não sem antes observar com minuciosa curiosidade os olhos. Não importava o gato que escolhesse, se rajado, malhado, branco, preto, cinzento, ao final, sempre tinham os mesmos olhos avermelhados e se houvesse de fato algum inferno, com certeza sua entrada seriam aqueles olhos.

O pescoço torcido era endireitado dentro do buraco e a pose era solene, própria para a cerimônia que vinha em seguida.

Espirrava um pouco de água que surrupiava da cozinha, como se abençoasse aquele corpo inocente. Era pura repetição ritualística, não o abençoava, jamais. Não cria em nada.

Eram bichos sem dono, vagavam pelas pequenas vielas, revirando lixos e miando por comida. Mas um dia calhou da menina capturar a gata branca da vizinha.

Não a reconheceu, mas também não seria preciso dizer que se a tivesse reconhecido isso mudaria algum ponto da história. E enquanto a carregava furtivamente por debaixo dos braços em direção ao quintal, um velho homem surgiu e grudou em seus passos.

— Ei, mocinha, o que está fazendo?

A figura alta e esguia terminava em um rosto achatado, delimitado por um cavanhaque. No corpo, vestia justa calça xadrez e camisa com botões, impecavelmente passada.

— Brincando — Aninha abriu um sorriso irônico, sem deixar-se intimidar pela aparição peculiar.

Seguiu seu caminho e tão logo o eco de seus passos parou. O homem sumira. Sujeito estranho.

No fundo do quintal, preparou-se para enroscar o paninho

no pescoço do gato, mas esse era bicho teimoso, chiava e chiava, tinha a quem chamar.

— Fica quieto, imbecil.

E se obedeceu à voz de sua raptora, ou à agilidade de suas mãos, pouco importa, o bicho aquietou-se.

Mingau já fugira de casa algumas vezes, mas nunca ultrapassava a marca dos dois dias, assim que, ao ir para a quinta noite sem seu ronronar, dona Josefa já não conseguia mais dormir. Alguma coisa acontecera a seu gatinho branco.

Levantar e mexer com a vizinhança àquela hora para buscar um gato sumido seria pedir para que não a ajudassem. Resolveu esperar o sexto dia e logo que acordou de sua noite não dormida, calçou suas pantufas e saiu batendo de porta em porta, perguntando se alguém vira Mingau. As outras senhoras de pantufas, condoídas da perda de animalzinho tão carinhoso, prontificaram-se a procurar ao lado de dona Josefa e assim a pequena vila foi ocupada por mulheres de pantufas gritando por Mingau.

Na casa do pai de Aninha, quem atendeu à porta foi Maria, que fazia a faxina despreocupada enquanto a menina brincava no quintal dos fundos.

— Não, não, não vi o Mingau.

E como não fazia parte do grupo mulheres de pantufas, fechou a porta e deixou Josefa seguir na sua empreitada.

Ao chegar na casa de Raul, pequeno comerciante do fim da rua, dona Josefa se surpreendeu com a aparência estranha que abriu a porta. Uma camisa com botões, impecavelmente passada, dona Josefa pôde reparar, e justa calça xadrez vestiam um homem alto, com rosto achatado e cavanhaque que acompanhava seu sorriso.

— Ah, sim, é a dona daquele gatinho branco, tão pequenininho.

Como pouco importava quem a atendesse, contanto que lhe trouxesse seu bichinho, dona Josefa sequer questionou a origem daquele homem e já reacendeu seus olhos na esperança de que soubesse do paradeiro de Mingau. A resposta dessa vez foi vaga, apenas sugeriu que fosse atrás das crianças, pois essas sempre estavam atrás dos bichinhos peludos.

Mais uma vez, agarrou-se na informação do homem e passou a nova orientação para as mulheres de pantufas: que voltassem, agora, nas casas com crianças e pedissem que os pais as interrogassem.

Novamente, na porta estão Maria e dona Josefa:

— Se puder falar com Aninha...

— Sim, claro, falo com ela e depois te digo se souber de algo.

Mas Josefa era uma mulher ansiosa:

— Se puder falar agora...

— Como? Agora? Nem sei onde a menina está!

— Se puder dar uma olhada na casa.

Sem aguentar toda essa polidez do se puder, Maria resolveu que ela não podia, mas José sim, então gritou para o marido que fosse atrás de Aninha, perguntar se ela tinha visto o gato de dona Josefa. O velho, que cuidava do jardim da frente, entrou na casa bufando e foi em direção ao quintal. No fundo, próximo à cerca e à mangueira, Aninha estava de cócoras.

— Ei, Aninha!

A menina, que até então nunca tinha sido interrompida por seus velhos tão atarefados, virou o rosto num susto, mantendo o corpo na frente do gato rajado.

— Oi?

E os passos de José pisando na grama:

— Não, não precisa vir, deixa que eu vou até aí.

— O que você tem aí? — e continuou a se aproximar.

Aninha fitou mais uma vez os olhos vermelhos do gato, retirou a cordinha de seu pescoço, colocando-a rapidamente no bolso do vestido, e virou-se para José:

— Encontrei-o morto... Tadinho.

Porém, um gato enforcado tem suas marcas que não deixam negar um crime. José olhou bem para o bicho:

— Mentirosa, filha da puta! — e tirou o cinto.

A garota só se limitou a virar novamente a cabeça para mirar os olhos do gato. José se preparava para o primeiro golpe.

Aninha contorcia o corpo enquanto seus olhos, fixos no do gato, ficavam vermelhos.

Inutilezas de mamãe

— Sabe quando a gente tava na frente da farmácia, filha?
— Sei...
— Você reparou numa tampinha, ali na entrada?
— Que tampinha? Não vi.
— Tinha uma tampinha, no chão, na entrada da farmácia. Você reparou?
— Não, mãe, não vi.
— Uma tampinha assim, no chão. Não viu?
— Já falei que não vi.
— Mas, me escuta, presta atenção, ali na porta da farmácia, bem quando a gente saiu...

Mamãe gostava de reparar nos detalhes e me impacientava. Não eram pequenos insetos curiosos ou mesmo flores coloridas. Pareciam os objetos dos mais indiferentes, tampinhas, pedaços de fita, botões e tudo aquilo que se pode denominar como "aquela coisinha". Das poucas vezes que saíamos de casa a pé não era raro ela encafifar com algum deles. Andávamos de mãos dadas, num ritmo e, de repente, ela parava, havia visto alguma dessa inutilezas que prendera sua atenção e ficava a observar. Eu puxava sua mão, vamos, mãe, e ela ficava entre o movimento do braço e os olhos fixos naquele objeto sem graça.

Outras vezes seguíamos o passeio sem interrupção, mas ao chegar em casa me vinha um amontoado de perguntas. Você reparou naquela coisinha? E pequena que era, num primeiro momento achava que falaria de algo inusitado, curioso para os olhos infantis. Mas logo entrava naquele looping dos botões ou tampinhas de garrafa e queria porque queria saber se eu havia reparado, se eu a vira pegando no objeto. Mas, mãe, por que você pegaria um negócio do chão?!

Ela mesma me ensinara a nunca, nunquinha, encostar em nada do chão. Lembro de uma vez que me levou ao parque para eu andar de patins, mesmo a duas quadras de casa, nunca íamos ao parque! Enquanto brincava, ela me observava rígida, reforçando a todo momento para eu tomar cuidado. Uma hora, bamboleei e quase perdi o equilíbrio, mas consegui me manter de pé, só minha faixa que escapuliu do cabelo e caiu no chão. Me abaixei para pegar e ela quase gritando. "Larga isso, menina! O chão tá imundo!". "Mas é a minha faixa, mãe!" e catei com a mão cheia a faixa amarela.

Em casa, lavou minhas mãos com força. Passou o sabão por entre meus dedos, molhou até quase o cotovelo. Depois me mandou pro banho, enquanto pegava a faixa e colocava numa bacia, cheia de produto. Ficou num amarelo mais claro e meio manchado no branco, achei bonita, diferente das outras que tinha, sem graça, de uma cor só.

Depois desse dia, passei a pedir que lavasse minhas faixas com aquele produto. Ela sem entender a especificidade do meu pedido, me perguntou o porquê. "É que elas ficam mais bonitas, mãe".

Um dia não foi um pormenor inútil que causou inquietação em mamãe. Foi um moço deitado na rua. Voltávamos a pé do mercado, como sempre fazíamos aos domingos. Ele vestia o que de longe parecia ser uma bermuda, mas ao nos aproximarmos se confirmou uma calça rasgada, deixando ver suas panturrilhas peludas e encardidas. Não vestia nada na parte de cima, somente uma cicatriz que lhe rasgava pelo peito. Capturei cada detalhe daquela aparência, o moço, as caixas de papelão, um pequeno pote de isopor com arroz ao lado...

Ao chegarmos perto, ele estendeu a mão na minha direção:
— Menina, dá uma ajuda...

Nem tive tempo de reagir, a mão de mamãe me puxou mais forte. Passamos pelo moço e já estávamos dobrando a esquina:
— Ele encostou em você?
— Não, e ai, mãe, você me puxou com força!
— Tem certeza? Aqui no braço, não?
— Não, mãe, ele não encostou em mim. Você que me machucou.

Ela pediu desculpas e seguimos o passeio de volta para casa, eu meio irritada, sem entender por que tanta esquisitice, o que

aquele moço deitado daquele jeito poderia fazer?
Em casa, não me deixou esquecer o episódio, pediu que eu fosse direto pro banho. Fiz um muxoxo, mas mãe, banho agora já?

— Você não viu a mão do moço, filha?

— Vi, ué.

— Mas você viu as bolinhas?

— Que bolinhas?

— As bolinhas que ele tinha na mão.

Eu não tinha visto bolinha nenhuma e achava estranho descobrir agora que ela também havia reparado no moço.

— Não vi, mãe.

— E ele não encostou em você?

Cansada daquela enxurrada de perguntas, falei que ia para o banho mesmo. Ela veio atrás perguntando se eu tinha certeza que ele não tinha encostado em mim e ao repetir que não, pediu que eu me lavasse direito com o sabonete e jogasse minhas roupas no cesto.

As esquisitices de mamãe só foram aumentando, ela parecia cada vez mais tensa: eram mais paradas na calçada, o asfalto parecia um mundo cheio de descobertas inúteis. Vez ou outra, me puxava como fizera com o moço, me desviando de algum cachorro que ela dizia ser imundo ou de algum poste que eu pudesse esbarrar. E as perguntas infindáveis, como num questionário, que eu respondia com impaciência.

Ainda que me irritassem suas estranhices, eu gostava dos nossos passeios na rua. Era raro sair, se não para a escola ou casa de amigas, então quando ela chamava para ir ao mercado a quatro quadras de casa, religiosamente todo domingo de manhã, eu aceitava na hora e ia com alegria.

Até que um dia, no domingo de manhã, mamãe me colocou no carro.

— Aonde vamos?

— Ora, ao mercado.

— De carro?

— Sim, a rua anda muito perigosa, filha.

E com aquele gesto que os desavisados liam como preguiça, mamãe findava nossos passeios pela rua e levava todas as suas esquisitices para casa.

Fragmentos de Sofia (IV)

Quando estava recolhendo o último pacote do primeiro carro da fileira, suas mãos se desorientaram e todos os outros foram ao chão. Agachou-se para recolher a bagunça, enquanto o farol abria.

Começou a ouvir as buzinas, e agilizou as mãos para pegar todos os pacotes do asfalto quente.

Um carro passou arrancando do seu lado com o vidro aberto e ela ouviu um "Diabo!"

Fabiana era Fabiana

Um professor sabe que entra em uma sala de aula em um primeiro dia menos pelo calendário do que pela disposição das crianças nas carteiras. Elisabeta já lecionava há quase 10 anos e a situação era sempre a mesma: meninas de um lado, meninos de outro. Na quinta série, a ideia de se misturar com o sexo oposto era inimaginável. Isso facilitava a chamada em um momento em que todos os rostos eram novos, essa é a verdade, se os meninos ocupavam a fileira da direita, ao chamar um Bernardo já mirava para a direita, agora se fosse Beatriz, olhava para a esquerda, esperando alguma mão feminina se erguer. Depois, poderia tirar sarro da situação e propor nova disposição, intercalar menino e menina ou algo do tipo, ao que a reação seria sempre o velho "aaaaaaah não".

Era o 9º ano que passava por isso e seguia na chamada para a letra F. Fabiana, soou a voz alta, e a criança que se sentava na carteira do meio da sala, de camiseta larga e bermuda levantou a mão timidamente, mal erguendo o braço, aqui, a voz que nem parecia sair, mas a mulher dos olhos estrábicos olhou para ela e curvou as sobrancelhas, eu chamei Fabiana, sim, sou eu, o olhar baixo, seguido de risos do seu lado e o titubeio de Elisabeta. Ah, ok, a professora quis voltar à lista, mas as mãos apressadas derrubaram o papel, e as duas ouvindo o próprio batimento abafando as risadas da classe. A três fileiras de distância, já vinha o decreto da brincadeira pertinente, é Fabiana ou Fabiano? Elisabeta encurvada, a barriga caindo, a mão enfim alcançou a lista, ergueu-se e ainda atrapalhada achou a página, Felipe, e os comentários-risos que não cessavam, pessoal, vamos lá, eu chamei Felipe! O garoto três fileiras ao lado, o mesmo que fizera a piada?, respondeu aqui!, e assim, o ruído foi baixando e a chamada seguiu pelas letras G, H, I, pulando o J e o K, já que não tinha ninguém com essas iniciais, e por aí ia, até que na letra R, de Betão, não me chame de Roberto que eu não gosto, meu apelido é Betão, já não sobravam mais ruídos da confusão de Fabiana.

Não era a primeira vez que experimentava esse constrangimento. Sabia que não se vestia da mesma forma que as colegas e que isso poderia causar confusões nos adultos com seus olhares tortos. Os mais velhos não entendem de nada. Agora os risos aos quais não podia se somar a pegavam, como se as crianças da sua idade a excluíssem de algum lugar.

Mas o que é uma sala de aula de uma quinta série? Logo a chamada terminou e a confusão de Fabiana já foi substituída pelo mistério em torno de um cheiro estranho que vinha de algum dos colegas da primeira fileira, todos tapavam o nariz e entre risos e que nojo! se fazia a estreia do primeiro pum. Não demorara nada naquele ano e Fabiana saiu da postura rígida que a congelara na chamada e se pôs a rir.

Bochechas meladas

Ele tinha essa mania de sair do lugar dele e vir rastejando, por trás da roda, até o meu lugar. Entretida com a história da professora, eu nem notava sua movimentação, só sentia a bochecha molhar. O Gugu chegava por trás de mim e me dava um beijo na bochecha para em seguida, correr de volta ao lugar dele, entre risinhos dos nossos colegas.

E o que se seguia era sempre o mesmo: eu olhava para a professora, e ela ria também, não sei se da minha cara de inconformada, se do beijo furtivo de Gugu ou se de sua corrida destrambelhada para retornar ao seu espaço na roda como se ninguém o visse. E só depois fazia cara de séria e dizia, Gugu, por favor, fique no seu lugar. Desculpa, professora. Ao que a história continuava.

Os dias iam assim. Não entendia muito bem por que aquele menino gostava tanto da minha bochecha, e ia me sentindo cada vez mais enojada com aquela baba que eu depois limpava com a manga do casaco. Um dia o nojo ultrapassou os muros da escola e contei para mamãe, com as bochechas vermelhas, que o Gugu, colega da minha classe, vivia me dando beijos escondido. Mamãe me olhou sem entender e perguntou como assim, filha? E eu lhe expliquei toda a movimentação do Gugu nas aulas em que sentávamos em roda. Ela repetiu o gesto da professora, riu-se toda e disse que ele devia me achar muito bonita e gostar de mim, que era assim que me mostrava. Mas eu não gosto do Gugu e nem de ficar com a bochecha toda melada, mamãe. Ela me olhou com ternura.

Naquela semana, Gugu não saiu do seu lugar e eu contei pelo menos cinco dias sem ficar com a bochecha melada, um verdadeiro recorde! Em casa, levei a novidade animada para minha mãe e disse que o Gugu não devia mais gostar de mim, já que não tinha me melado as bochechas nenhum dia. Ela sorriu com a minha descoberta e confessou que fora na escola conversar com os pais dele para que parasse. Agradeci mamãe com um beijo na bochecha e ela riu de mim ao dizer "olha só, o seu beijo também é melado!".

Era meu aniversário na escola e, acostumada com os cartões cheios de tinta e letras tortas de meus colegas, me surpreendi com Gugu chegando com uma caixinha. "Toma, eu fiz pra você, feliz aniversário". E quando abri a caixinha, um colarzinho de cordão com missangas coloridas. No meio, meu nome gravado em um grãozinho de arroz. Lili e Nina, minhas amigas que estavam do meu lado, falaram "que lindo!" e depois deram risadinhas, o Gugu gosta da Laurinha!, e eu só fiquei olhando para aquele colar, achando-o bobo e sem sentido, por que eu precisaria de algo pendurado no meu pescoço que dissesse meu nome se eu mesma podia dizer? Não agradeci, joguei na mochila e passei o resto do aniversário emburrada. À noite, mamãe veio me perguntar quem havia me dado aquele colarzinho que ela encontrara na minha mochila. "Foi o Gugu". "Que bonitinho, filha! Vamos colocar!". E ela veio segurando cada ponta do colar com uma mão, se aproximando do meu pescoço.

Eu desviei e deitei na minha cama. "Não quero, é feio". De novo aquele riso que eu não entendia, mas ela viu que eu congelara com a expressão brava e deixou o colar na mesinha de cabeceira. "Tudo bem, não precisa colocar agora", me deu um beijo na testa e saiu.

Eu brincava com uma flauta que a professora tinha trazido especialmente para aquele dia de música. Cada um improvisava com um instrumento, a Lê também tocava flauta como eu, a Lili e a Nina com um tamborzinho, o Quito e o Fê com um chocalho e a Marina e o Gugu com um pandeiro. Era engraçado ver a mistura das nossas caras concentradas com os instrumentos, e o som terrível que resultava da brincadeira. Eu assoprava a flauta e mexia meus dedos pelos buraquinhos, como se soubesse tocar verdadeira sinfonia!

Cheguei a inventar uma sequência, deixava todos os dedos posicionados e quando assoprava com força inflando as bochechas, ia levantando um dedo de cada vez, deixando o som sair. Primeiro o indicador, dedo do meio, anelar e por fim o dedinho. Fazia um Fafefifofu divertido!

Senti minha bochecha molhada, de novo ele vinha por trás me deixar o famoso "beijinho", mas dessa vez o contato me fez arder e ficar quente, virei para trás, agora ele sorria para mim com aquela boca babada, e eu só queria bater no Gugu e bater no Gugu e aproveitei a flauta que estava na minha mão e mirei naquele beiço todo melado e nojento e quando vi o Gugu chorava e chorava e a professora vinha desesperada na nossa direção.

Fragmentos de Sofia (V)

Correu para deixar os 10 pacotes na sua fileira e ao chegar no final, viu um homem que carregava carroça cheia dos pedaços de papelão. Eram realmente muitos pedaços de papelão, ultrapassando até a altura da perua que estava na segunda fileira. Sem retrovisor, nem considerou colocar o último pacote, mas ficou ali parada, observando a figura magra. Não vestia camisa, seus ossos do torso apareciam e Sofia ficou pensando como um homem daquele tamanho aguentava carregar toda uma carroça sozinho.

— Sofia, corre que o farol vai abrir!

O grito do seu pai trouxe-a de volta para o meio dos carros. A menina se apressou para recolher os pacotes.

Do outro lado do quintal

Levar a filha para o trabalho já virara rotina depois dos 63 anos. O corpo já não aguentava com a mesma disposição a limpeza pesada. Na primeira semana de julho, ficaria de faxineira de uma família que alugara uma casa de campo, dois andares, quatro quartos e cozinha para 13 pessoas. Precisava da ajuda de Camila. A menina costumava ir sem reclamar. Via o cansaço da mãe, os gemidos de dor nas costas e o fato de ficar prostrada no sofá em qualquer oportunidade deixavam claro para Camila que não era justo que não ajudasse. Desde pequena, aprendera a cuidar da limpeza e a mexer na cozinha. Queimou-se e cortou-se muito, é verdade, as mãos das crianças ainda estão aprendendo a usar os dedos, mas aos 12 anos já ganhara agilidade e dependendo do prato, fazia até melhor do que sua mãe.

No dia anterior à chegada da família, foi com Marta preparar a casa. As duas se dividiram: Marta ficou com o andar de baixo, cozinha e sala, enquanto Camila dava conta dos quartos em cima e dos banheiros. Varreu todos os cômodos, tirando o excesso de poeira acumulada de 2 meses de casa fechada. Depois, pegou as roupas de cama do baú do quarto do meio e se pôs a arrumar as camas: duas no quarto da ponta à esquerda, três no quarto ao lado e quatro nos outros dois. Cinco crianças, e ficou imaginando quem seriam, se da sua idade, mais novas e birrentas, ou já mais velhas, com a típica cara amarrada de adolescentes. Perguntou-se também se ajudariam suas mães, ou se viam-se pequenas demais para isso.

Quando já escurecera, as duas voltaram para casa, prontas para acordar antes que o sol retornasse no dia seguinte.

O palpite do número de crianças revelou-se certeiro. A menina tinha a idade de Camila. Os quatro meninos pareciam todos mais velhos, ainda que, pensando bem, um pudesse também passar pela idade das meninas se não fosse sua altura.

Camila condoeu-se pela situação da garota, sozinha, no meio dos rapazes. Na escola, ela se via tímida para interagir com os meninos, preferindo a companhia de duas amigas das quais se aproximara quando ainda pequena. Imaginava-se no lugar de Lisa, era assim que a caçula se chamava, passando as férias no meio de garotos. Surpreendeu-se, quando depois de todos se ajeitarem e desfazerem as malas, a viu brincar com os primos no quintal.

O quintal ficava nos fundos da casa, visível pela cozinha. Camila e Marta lavavam a louça e preparavam o almoço, que deveria sair por volta das 13h. Enquanto elas esperavam a lasanha assar, a menina sentou-se no degrau da porta e ficou olhando as crianças. Eles jogavam queimada, com uma bola de borracha. Em um time, o que parecia ser o mais velho e Lisa, no outro, os outros três. Achou a divisão curiosa, mas depois percebeu que, na verdade, Lisa era a mais habilidosa, esquivando-se rapidamente de cada bolada e mirando com precisão nos inimigos, até acertar um, o tal do mais novo, e eliminá-lo da rodada.

Camila chacoalhou as mãos em sinal de comemoração quando a menina fez um ponto e ao perceber seu gesto, enrubesceu. Já era tarde, Lisa vira que tinha torcida e correu até ela.

— Ei, você não quer jogar com a gente?

Ela chegou a abrir um sorriso para aceitar o convite, mas logo se lembrou de Marta e a lasanha, e recusou, explicando que precisava ajudar sua mãe com o almoço.

— Ah, mas o nosso time está desequilibrado! Não tem como pedir para ela? — Lisa insistiu fazendo um biquinho que fez Camila escapar uma risada. Ela concordou e correu para dentro da cozinha, onde Marta pegava os copos para pôr a mesa.

Cheia de dedos, perguntou se poderia jogar com as outras crianças, já que a lasanha ainda estava assando e agora era só esperar. Marta sorriu para a filha e disse claro, vai lá.

Na quadra improvisada, ela tomou o lado do time desfalcado. Na primeira jogada um dos adversários mirou nela e a acertou, rindo da eliminação veloz. A menina foi saindo da quadra cabisbaixa, puxa, durara quase nada, mas Lisa intercedeu dizendo que não tinha valido, é a primeira jogada e a Camila ainda tá se acostumando. O outro time reclamou, a caçula era insistente, então eles deixaram quieto. Ela acenou para que Camila voltasse e a garota sorriu feliz, prometendo que dessa vez não ia se deixar humilhar novamente.

O jogo seguiu e de fato Camila conseguiu resistir mais um pouco. Foi eliminada na quarta jogada, mas se fizera alvo favorito do time adversário, que só mirava nela.

De fora da quadra, observava Lisa nos seus movimentos velozes. Ela era realmente boa naquele jogo e queimou um, dois e por fim o terceiro, vencendo rapidamente e dando início a nova partida.

Depois do almoço, todos os pratos e travessas continuavam nas mesas. Marta pediu que a filha os retirasse, enquanto ela cuidava do fogão. Eram treze pratos e até os das crianças, que haviam se sentado na mesa menor, permaneciam ali. Pelo jeito eram do tipo que não ajudavam as mães mesmo, pensou a menina empilhando a louça na pia.

Enquanto lavava os pratos, os meninos entraram na cozinha dando risada e Camila logo direcionou o olhar a eles e assim ficou, como se esperasse por algo. Dessa vez iam apenas os primos, Lisa não aparecera, e eles passaram direto para a porta dos fundos sem perceberem que da pia a menina ainda os observava.

No segundo dia, a família saiu depois do café para fazer algum dos passeios turísticos da pequena cidade. Camila passou a manhã ajudando Marta a trocar os lixos dos banheiros e arrumando as camas do andar de cima. Quando chegou no quarto da ponta à direita, reparou em um urso amarelo desbotado, com uma cara engraçada, uma pelugem que parecia ser muito macia.

Pegou-o e não resistiu, que urso gostoso de apertar! E tinha um cheirinho doce, que lembrava nenéns, mas não tinha nenhum bebê ali. Seria de Lisa? Espiou no armário de roupas e viu ali, no canto esquerdo, as roupas da menina. Suas mãos alisaram os tecidos, várias camisetas coloridas empilhadas, casacos e calças de moletom. Tinha roupa para mais de semana com certeza, pelo menos a pilha não era muito menor do que o seu próprio armário. Levou uma camiseta ao nariz e sentiu o mesmo cheirinho doce do urso.

Então, devolveu a camiseta, voltou-se para a cama e sem pensar muito se viu deitada abraçada no urso e aspirando seu cheirinho doce.

Quando a família retornou, Lisa foi logo à cozinha chamar Camila para uma partida de queimada antes do almoço. Ela ajudava Marta a cortar os tomates, mas a mãe disse que não tinha problema, dava conta sozinha, que fosse brincar.

Dessa vez, a caçula se tornou alvo dos meninos e foi a primeira a ser eliminada, Camila foi em seguida. As duas se sentaram na beira da quadra e começaram a puxar conversa. Quando viram, estavam passando por vários assuntos e se divertindo com risos, recusando nova partida quando os meninos encerraram aquela.

E elas foram passando o final das manhãs assim, criando amizade. Lisa, além de boa na queimada, era esperta e faladeira. Vivia contando histórias de como viajava para um acampamento com os colegas, onde havia enorme piscina com tobo-água, trilhas de lama e uma cama-elástica gigante, e de como aprontava, sem a supervisão dos pais, entupindo-se de doces gostosos, jogando muita queimada e mergulhando na piscina. Omitia a parte dos monitores, menos por maldade do que pelo deslumbramento com a liberdade de se estar sem os pais superprotetores, e Camila só ficava em silêncio, ouvindo fascinada as histórias dessa terra livre cheia das brincadeiras de criança. Depois se punha a falar também, contando das travessuras que costumava aprontar no bairro com suas duas amigas, já que nunca tinha viajado a lugar nenhum. Gostavam de pregar peças nos vizinhos, tocar as campainhas e depois correr e se esconder atrás de algum arbusto para quando atendessem ressurgirem dando susto, ou subir em árvores e esperar alguém passar para soltar baba e deixar o que chamavam de "pingo de Deus" na cabeça dos desavisados. Lisa também se mostrava fascinada com suas histórias, e se ria toda das travessuras de Camila.

— Você é engraçada. Devia brincar mais com a gente — e voltou a falar das histórias do acampamento.

E a menina sorriu, pensando que devia mesmo.

No outro dia, após o café da manhã, Lisa foi chamar Camila para que passeassem pela rua em busca de flores caídas. A gente monta um buquê bonito para pôr na sala. A menina estava cuidando da louça com Marta e fez o pedido com os olhos, dessa vez recebeu a negativa. Mas, filha, ainda precisamos dar conta do andar de cima.

Camila virou o olho e voltou à Lisa, dizendo que já já iria. Quando estavam somente mãe e filha na cozinha novamente, Camila enfrentou Marta. Reclamou que Lisa era divertida, ia embora sábado, e era raro que ela fizesse novas amigas, queria aproveitar, disse que já tinha limpado bem os quartos no dia anterior, então seria só arrumar as camas e dar uma geral, algo que Marta poderia fazer sozinha, afinal, era o seu trabalho e não dela. E despejou suas outras frustrações na mãe que calada assentiu, faça o que você quiser, minha filha.

Na rua, havia poucas flores caídas, não era época para buquês, mas Camila ficava impressionada como a conversa brotava facilmente entre as duas. Já tinham ganhado um tanto de intimidade:

— E aquele ursinho no seu quarto, hein.

A expressão de Lisa se transformou rapidamente, a menina corou e ficou em um momento em silêncio, o que foi o suficiente para que Camila se sentisse inconveniente com sua provocação e completasse:

— Eu achei ele tão bonitinho! Queria achar um desses pra mim — e viu voltar o sorriso ao rosto de Lisa.

— Aquele ursinho velho? Eu tenho de pequena, aí acostumei, é o Chubi.

— Chubi? — o rosto de Camila se contorcia, segurando um riso, mas Lisa transformou-se novamente e olhou-a séria.

— Chubi Gubi, na verdade.

As duas se olharam, Lisa ainda séria, enrijecendo o rosto de Camila. Em seguida, escancarou os dentes, explodindo em gargalhada e deixando que Camila relaxasse e risse também.

Depois de dois dias, a família saiu novamente pela manhã avisando Marta que preparasse almoço para dezessete. Voltaram na hora do almoço com um casal de amigos e duas filhas, amigas de Lisa.

Um barulho de vozes estridentes invadiu a cozinha, eram elas, rindo. Camila já virou com os olhos de pedido para Marta, mas a mãe nem teve tempo de responder, as meninas seguiram direto para a porta dos fundos, saindo rumo ao quintal. Camila ainda ficou encarando a porta, esperando que Lisa voltasse com seu sorriso e a chamasse para jogar.

Da cozinha, podia ouvir o barulho da bola nas raras brechas em que não ecoavam os sons das risadas. Tudo bem, minha filha?, perguntou Marta. Camila limitou-se a abrir mais a torneira, aumentando o jato, e seguiu lavando a louça.

A casa já estava impecável, nem parecia ter sido habitada por tanta gente nos últimos dias. Depois que a família foi embora, Marta e Camila passaram a tarde toda varrendo e passando pano, dividindo-se entre os dois andares. Novamente, a menina dava conta do segundo e retirava as roupas de cama usadas para lavar, enquanto substituía-as por outras limpas, deixando tudo pronto para que a próxima família viesse.

Quando foi puxar os lençóis da cama de Lisa, viu o pequeno urso amarelo cair no chão.

© 2023 Julia Páteo.
Todos os direitos desta edição reservados à Laranja Original.

www.laranjaoriginal.com.br

Edição Filipe Moreau
Projeto gráfico Marcelo Girard
Produção executiva Bruna Lima
Diagramação IMG3

Dados Internacionais de Catalogação na Publicação (CIP)
(Câmara Brasileira do Livro, SP, Brasil)

Páteo, Julia
   Mirelo / Julia Páteo. -- 1. ed. -- São Paulo :
Laranja Original, 2023. -- (Coleção rosa manga)

   ISBN 978-65-86042-85-6

   1. Contos brasileiros I. Título. II. Série.

23-175128   CDD-
                      B869.3

Índices para catálogo sistemático:
1. Contos : Literatura brasileira B869.3
Cibele Maria Dias - Bibliotecária - CRB-8/9427

Laranja Original Editora e Produtora Eireli
Rua Capote Valente, 1.198
05409-003 São Paulo SP
Tel. 11 3062-3040
contato@laranjaoriginal.com.br

Fontes Janson e Geometric
Papel Pólen Bold 90 g/m²
Impressão Psi7/Book7
Tiragem 200 exemplares